李昌鹏 ● 著

独自欢

『新实力』中国当代散文名家书系

河北出版传媒集团

花山文艺出版社

图书在版编目（CIP）数据

独自欢／李昌鹏著. —石家庄：花山文艺出版社，
2015.10（2021.4重印）

ISBN 978-7-5511-1929-0

Ⅰ.①独… Ⅱ.①李… Ⅲ.①文艺评论－中国－当
代－文集②随笔－作品集－中国－当代 Ⅳ.①I206.7-53
②I267.1

中国版本图书馆CIP数据核字（2015）第247200号

书　　名：**独自欢**

著　　者：李昌鹏

责任编辑：刘燕军

责任校对：杨丽英

美术编辑：胡彤亮

出版发行：花山文艺出版社（邮政编码：050061）

（河北省石家庄市友谊北大街330号）

销售热线：0311-88643221/29/31/32/26

传　　真：0311-88643225

印　　刷：三河市华东印刷有限公司

经　　销：新华书店

开　　本：650×940　1/16

印　　张：13.5

字　　数：140千字

版　　次：2016年1月第1版

2021年4月第2次印刷

书　　号：ISBN 978-7-5511-1929-0

定　　价：26.00元

◆◇◆目录◆◇◆

【60 后】

【70后】

【80后】

【盘点】

经典

生活意外和奇遇的制造者

　　英国小说家赫克托·休·芒罗，笔名叫萨基。他的短篇小说最长的也不过三四千字，其中《敞开着的窗户》《黄昏》等作品被世界多国的短篇小说选本选用。中国读者对小说家萨基不是很熟悉，不过，我们可能无意中读到过萨基的小说。他的小说曾被《读者》《青年文摘》《格言》这些读者多的大众杂志选载过；人民文学出版社和三联书店这种以严肃、权威著称的出版社也出版过萨基的短篇小说作品集。萨基是一个能使所有读者得到艺术享受的小说家，当你打开他的书，他便不会辜负你。

　　苏福中说："他早期的作品，小说味全在文字里，不靠情节取胜，因此这部分作品如果能读原文，更能品到妙处……萨基的小说结构基本形成并固定下来后，主要特色是结尾总是出人意料，挑明写作意图；叙述和描写多有夸张，幽默及讽喻随处可见，人物形象借助这些因素凸现出来。"我没读过他小说的原文，翻译过来的萨基小说，情节、结构、叙述、人物形象也足以让我为之着迷。读萨基的小说让我想起叔本华说的一句话："小说家的任务，不是叙述重大事件，而是把小小的事情变得兴味盎然。"

萨基的短篇小说写英国上层社会和中产阶级的生活，故事本身应该说都是较简单的，题材也多是小题材，甚至是写些无聊的事情。但萨基笔下，这些简单的、小的、无聊的事情，被写得既"好读"又"有味"，萨基总能写出人物日常生活中的意外和奇遇，从而使小说立刻就上升至极强的表现力。读他的小说，我会想到我们的短篇小说现状，作家们把短篇越写越长，小说味越写越短了。读萨基的小说，甚至让我产生一种偏执的想法，觉得短篇小说就应该是"雕虫小技"，不应该那么"宏伟壮丽"。我们的很多短篇其实可以解决在几千字内，然而作家们常常把它写成一万多字，甚至拉长成了中篇，如此一来，小说中所写的也就不是什么生活的意外和奇迹，而是比日常生活还要拖沓的生活。

世界著名的《敞开着的窗户》这个短篇，也就只有两千字的样子。作品写的是一个少女欺骗客人以及大人的故事，作者似乎借这个小说传达了自己对小说的看法。这篇小说没有特别深刻的内涵，但经由萨基的手，这个故事让我们看见了生活中的意外、奇遇。知道这个故事真相的只有小说中的少女薇拉一人，萨基捧出这个小说，事实上，萨基是故事的全知者和"导演"。大致上小说写了这样一个故事：小说的主人翁弗兰普顿因神经质迁居往乡间僻静居所，姐姐怕他因忧郁而加重病情，于是让他拜访姐姐的熟人帕萨顿夫人，聊聊天。帕萨顿夫人的侄女薇拉接待并告诉他，三年前帕萨顿夫人的丈夫和夫人的两个兄弟去打猎，走进沼泽地没有再回来。

薇拉所说的话，可信性一方面建立在她的身份（侄女），另一方面建立在一扇敞开的窗户上。因为十月份的午后了，窗户都还开着。薇拉说，过去他们去打猎都是从窗户回来的，而这三年里，婶婶总是认为他们会回来。于是，读者跟着弗兰普顿，接受了帕萨顿夫人的悲剧。当弗兰普顿见到帕萨顿夫人的时候，对帕萨顿夫人充满同情，因为夫人强调，开着窗户是为等待丈夫和兄弟回来。事情在朝一个令弗兰普顿难以接受的方向发展：帕萨顿夫人的丈夫和兄弟回来了，从窗户进的屋子，浑身上下全是泥，都糊到眼睛上了！对于弗兰普顿来说，这是生活中不可理喻的意外，甚至可以说是令他终生恐惧的灵异事件。弗兰普顿慌乱中抓起手杖和衣帽，仓皇逃跑。而在帕萨顿夫人的眼中，弗兰普顿的行为不可理喻，弗兰普顿的行为使帕萨顿夫人感到意外，这也是一种"奇遇"，弗兰普顿从此便成为帕萨顿夫人眼中一个"非常古怪的人物"，"真像是大白天见到了鬼"。

小说家从事的创造性劳动，其实有些类似萨基笔下那个少女所做的。萨基写道："灵机一动，编造故事，是她这位少女的拿手好戏。"结合小说，进一步便可理解为：小说家是生活意外和奇遇的制造者。

如春夏自然交替

有时作家把人物放在比较特殊和极端的情境，完成人物心理、情感的转变，实现情节的逆转。尤其极端情境，像显微镜，把人的境遇、潜意识和情感等扩大至令人瞠目结舌的程度。大多数作品中的人物处在日常状态，但日常生活本身，往往显得寡淡无味，要转化为小说，常常要给出日常中的不平常和戏剧性，在日常生活中制造奇迹、巧合、波澜等等。

极端情境也好，日常状态也罢，都出杰作，成就大师，写到炉火纯青时，亦可"大味至淡"。所谓"大味至淡"，无须那么刺激，甚至毫无悬念，但力量如春夏自然交替，缓慢抵达，弥天氤氲。这境界很高，要抵达很难。针对当前"重口味"小说较多，在此，我想介绍美国作家福特的《石泉城》，这是一篇意蕴丰厚、情节简单、情感朴实、看上去风轻云淡的小说。

小说主人翁厄尔开着偷来的奔驰，带着女朋友埃德娜和女儿绮丽儿，愉快而风光地前去佛罗里达，"这简直就像一个新的开始"。一路上，厄尔的表现和任何一个日常中的情人和父亲没有两样。他的惯犯身份，因小说一开始就交代了，毫无悬念，大白于天下，这反而成为不起眼的要害，但这正是小说得以成立的基点、情节发生逆转的所在。因机油不足，汽车抛锚在夜晚较偏僻的地方，他们既饿又困。他向好心人借电话，叫出租车。本来开始新生活的地方是佛罗里达，但此时只能打车就近先去石泉城。用假名登记，他们住进汽车旅馆。

　　然而，同路的还有埃德娜，此时，埃德娜一跃成为小说中比厄尔更令人瞩目的人物。用假名，防止被拘捕，这并不是埃德娜的日常。尽管日常都是波澜不惊，时有小开心和坏运气。埃德娜的日常和精明惯犯的日常，看起来并无二致。但这并不妨碍我们理解埃德娜当晚决定离开厄尔，回到她出发的城市卡利斯佩尔。石泉城成了埃德娜"新的开始"，埃德娜说："我今年 32 岁了，我不得不放弃汽车旅馆了。我不能再这样不切实际了。"福特在此，第一次轻轻转动他设置的魔方，切换至埃德娜视角，实现了埃德娜的逆转。

　　女友决定离去，不能想当然地认为，这会成为厄尔心理逆转的临界点。尽管埃德娜的决定触动了他。他希望尽最大的努力，改变他们的处境。于是，当晚他又去偷车。当他以他人的目光打量自己的时候，"触动"才真正有了"转向"的希望。点到即止，过犹不及，小说就此结束了。他看见一扇亮着灯的窗子，想象一个人透过窗子看见了他："你能想到他是在为新的一天里将要面临的困难做准备吗？你能想到他的女朋友就要离开他了吗？你能想到他有一个女儿吗？你能想到他是一个和你一样的人吗？"福特第二次转动魔方，为厄尔提供旁观的视角，也给读者提供了这个视角。

我与"渔夫和金鱼"的第二次相遇

普希金被誉为"俄国文学之父"，我第一次读普希金作品是小时候在课本上——《渔夫和金鱼的故事》。中国的绝大部分人都知道这篇作品，尽管可能不知道这就是大名鼎鼎的普希金的作品，甚至会觉得这篇作品没有什么了不起——我也曾这样认为。

就在今天，和孩子一起读《渔夫和金鱼的故事》。读完故事，我想像往常一样，给孩子讲一个故事所蕴含的道理，我竟不知该给孩子灌输点什么。想了许久，我对孩子说："记住这个故事，长大会有用的。"作为一个文学工作者，我不能忍受一个经典故事经由我讲解，变得偏狭。

小时候，老师引导我们归纳这个故事所蕴含的道理：不要像故事中那个贪心的老太婆，贪心导致一无所获。这样的道理对一个小朋友而言，无疑是有教育意义的。这是可以拿来作为"生存哲学"，从而让一个人终身受益的。这个道理可以度人，人人都有贪欲，想到《渔夫和金鱼的故事》中那个永不满足、最终一无所获的老太婆，我们就应克制自己的贪欲。劝人淡薄、劝人"放下"，不是"度人"那是什么呢？对于文学经典，其实只要读，哪怕只记住某一点，也是受益终身的。

童年的印象中，小金鱼如此美丽，老渔夫多么善良，贪婪的老太婆形象糟糕。这个老太婆找小金鱼要了新木盆、新木房子，要了木房子后要当贵妇人，当了贵妇人马上要当女皇，最后想金鱼来侍候她——老太婆要做海上的女霸王；老渔夫的忍让，招来的是老太婆对他一次比一次严厉的责骂，甚至殴打；小金鱼一次一次满足老太婆的要求，但老太婆没有想到感恩，最后想到的是让小金鱼来侍候她。

时隔二三十年，重读它，发现贪婪对于一个人来说如此可怕，发现善良的人对于他人而言不一定是善举，发现能够给予他人一切的小金鱼原来如此自私。人的面目、性格的功能，在这篇作品中具有多面性，这是因为人性复杂。我惊叹，文学经典的力量来自作品中人性的部分。

如果没有小金鱼，善良的老渔夫打鱼，勤劳的老太婆做家务，他们余生不多，这样过完一生，未尝不是一种幸福；如果老太婆不是那么贪婪，他们得到一些帮助后满足地生活下去，他们和金鱼的相遇是多么美好；如果老渔夫狠心一点，将金鱼变成那晚的一碗鱼汤，至少当晚他和老太婆可以一起喝这碗鱼汤，但这条鱼会说人话，将它煮成鱼汤多么不人道；如果老渔夫不是那么善良，他又怎么会一次次看着老太婆走向邪和恶的道路，在疯狂的欲望中无法自拔；为什么小金鱼可以给予他们木盆、木屋，甚至让老太婆富贵，它却不能侍候这个老太婆？当老太婆要小金鱼侍候她，小金鱼不但没有答应还突然收回了已经给予的一切——曾经的承诺。给予他人帮助者，他们经常高高在上，不能忍受受助者的不感恩，不能忍受受助者同他们一样，更不会侍候受助者。这也是人性微妙的部分。

《渔夫和金鱼的故事》写人性的善、恶、贪、私，也写一种"度"。一切都是有限度的。但故事写"度"，偏是由"自由"引发，小金鱼和老太婆都喜爱"自由"。

无所不能的小金鱼，偏偏是被作品中最善良的老渔夫用渔网打捞了上来。这里面蕴藏着玄机，就像某种游戏规则中，老鼠可以胜大象。可是，这个老渔夫却是一个对老婆无所不从的人。为了重新获得自由，于是，小金鱼给了老渔夫承诺。而老太婆虽然得到了很多，但也生活在失去一切的恐惧中。不然的话，她为何做了"自由的女皇"还想做"海上的女霸王"？一切皆因自由故。她想如对待老渔夫那样对待小金鱼，从而把控一切，获得全部的"自由"。中国道家"盛极必衰"的五行八卦理论，普希金并不知道，但中国读者容易读出"中庸之道"合理、可为的感受，"中道"就是"度"。小金鱼如果安于被打捞后变成鱼汤的命运，渔夫如果严守做男人的尺度，老太婆如果不那么贪婪，他们就会全都在"度"中。然而，人又不可能处处在"度"中。如果处处在"度"中，生命哪还谈得上奇遇，哪还有多大的差异可言？名言说："不满是向上的车轮。"既肯定"度"中生存的宁静，又向往生命在"不满"中升华。这本身就是矛盾的。

我不认可以阶级观看待这篇作品的某些既有论述。那些论述中，小金鱼是沙皇的象征，老太婆虽曾站在人民对立面，但也是想推翻沙皇统治的人。这样一来，推动历史"向上车轮"的"不满"的人，便包括了"贪婪"的老太婆。"不满"和"贪婪"界限几何？我坚定地认为：抛开时代的因素，抛开国别和文化差异，对政治也忽略不计，千百年后的《渔夫和金鱼的故事》依旧是经典——因为千百年后人依旧是具有人性的人；它里面蕴藏的哲学，依旧是真理。这是文学真正的魅力。

十分珍惜与"渔夫和金鱼"的再次相会，但我现在无法与我 4 岁的女儿分享这个故事的更多内容。文学经典的丰富性常被少年时期一些先入为主的看法剥夺，我不能耽误孩子，只能叫她记住这个故事。

经典之处无关革命

文学作品，最佳的方式是用情感和审美的眼光来创作，表现人的情感的丰富性，人性的复杂性。欣赏文学作品，距离最近的方式是用情感和审美的方式来拥抱，而并非拿理论来对照，更不是下政治判断。

曹禺是我老家湖北潜江文学成就最高的人物，小时候我就很关注他的作品。尽管如此，对《雷雨》真有些理解，也是在我30岁之后才开始的。

《雷雨》这部戏剧用的是纯客观叙事，对人物的心理完全不做分析，里面只有场景，只有周朴园、鲁侍萍等众多人物说了什么，动作是什么。要触摸人物的情感，必须移情于剧中人物方可。这大概是少年的我，无法看懂《雷雨》的一个原因。少年的阅历有限，情感经验有限，感受能力就有限，读不懂《雷雨》是很正常的。一个少年，根本就不具备和曹禺以及《雷雨》剧中人物进行情感交流的能力。

此外，纯客观叙事的"冷静"带来了接受障碍。这是另一道门槛。即便现在，会用纯客观叙事来写作的作家也不是特别多，现代小说家中更少，真正掌握了纯客观叙事的现代作家可能只有鲁迅和凌淑华，鲁迅写有一篇《示众》，凌淑华写有《酒后》和《再见》。先进的叙事方式，能带来表现力的增强，但它并不一定是普通读者容易接受的。

然后，要读懂《雷雨》还要摆脱小时候先入为主的一些看法。《雷雨》剧本的节选，中学就会遇到，老师会告诉我们，资本家周朴园有多么伪善，劳动人民在被欺骗和压榨等等。老师们教的，是用政治和阶级的方式看待剧中人物，这极大伤害了《雷雨》剧中人物的丰富性。实际上，这是一部特别注重人物真实情感的作品，情感判断和审美判断强调的是人，而不是人的阶级。政治判断注重的，恰恰是人的阶级。前后二者在这部作品的阅读中，背道而驰。所以，要读懂《雷雨》，首先要摆脱小时候先入为主的一些看法。

1936 年，曹禺在文学艺术出版社出版《雷雨》时，序言中写道："有些人已经给我下了注释，这些注释有的我可以追认——譬如'暴露大家庭的罪恶'——但是很奇怪，现在回忆起三年前提笔的光景，我以为我不应该用欺骗来炫耀自己的见地，我并没有显明地意识着我要匡正、讽刺或攻击些什么。"

1936 年，曹禺身边的许多作家会以革命的文学为荣，为什么曹禺坚称："我并没有显明地意识着我要匡正、讽刺或攻击些什么？"他在引述别人的观点"暴露大家庭的罪恶"时，还用了"追认"这个颇令人读来感到遗憾和勉强的词，把这当作"炫耀"的"见地"——曹禺当年不可能不知道革命文学的，但他用"炫耀""见地"这样的词语。而"并没有显明地意识着"这样的话，也是模棱两可的话，配合前面的"追认"，是说：你们这样认为，那我就权且当作是这样，何况很多人认为这是有"见地"的。至少，当年这样评价是一番好意。曹禺在引述的时候还用了"有些人"这样一个指称，而没有说是谁说的。我以为，曹禺是瞧不起"暴露大家庭的罪恶"这个革命文学的评语，所以，也不提是具体哪些人这样评价《雷雨》。曹禺不屑迎合时流，但对这样的评价依旧是做了妥协的。妥协在这里，大约是面对一番好意却之不恭，但依旧意味深长。

对曹禺的话有了这番理解后，重读《雷雨》，我把自己放在民国，甚至封建社会，而不放在当下。我发现，即便如此，《雷雨》依旧是一部令人震撼的剧作。也就是说，《雷雨》并不是专写给革命和新社会的，当然也不是专写给民国和封建社会的。如果读者把自己放在民国和封建社会维护者的位置，就会发现这部剧作同样具有教育味道。曹禺"追认"的"暴露大家庭的罪恶"，还具有另一层意思，那就是作为道统维护者来看：蘩漪、周萍、鲁大海等人是罪恶的，他们破坏了道统。而周朴园也曾经做过有违道统的事情，但最终改邪归正，然一失足铸成千古恨：他的儿子和女儿上演了"蓝色生死恋"，他的妻儿不守妇道，最终如遭天谴一般横死或发疯。曹禺能在1936年表明"我并没有显明地意识着我要匡正、讽

经
典

刺或攻击些什么", 可见他绝对不会无端"追认"他人的评价。他给《雷雨》的序言, 用了一种有弹性的语句, 在不说假话的基础上, 也表了个姿态。在当年和之后的几十年, 抛弃革命话语, 谈论文学的超越阶级性, 谈论人性和纯美, 恐怕是不合时宜的。

等我有了孩子, 做了父亲后, 我开始理解周朴园。如果以一个父亲的身份来阅读这部戏剧, 站在周朴园的立场, 我们就会发现: 周朴园也年轻过, 也曾经不顾家庭的反对和鲁侍萍恋爱。这也是和封建秩序对抗, 周朴园也曾经是一个有过反抗行为的青年。然而, 为了孩子们过得更好, 现在他只能要求自己的孩子这样那样, 要求自己的妻子这样那样。作为一个"成功人士", 周朴园类似现在开黑煤矿的老板; 作为一个成年男性, 周朴园希望妻贤子孝; 作为一个父亲, 他希望孩子按照当时的秩序生活, 过得更好——他自己曾经就走过弯路, 那是血的教训。周朴园对家人的一切举动, 无不为了孩子为了自己的家, 这没有什么错。

周朴园不见得不知道他对孩子和妻子是一种压迫。他自己也曾遭到家庭的压迫。如果社会秩序不发生变化, 不改朝换代, 周朴园的孩子在他的法则下, 必然会和周朴园一样成为下一个"成功人士"。

这是个人情感与社会秩序的紧张关系。周朴园遇见过, 社会秩序获胜了。现在, 他的孩子和妻子又遇见了这个冲突。周朴园作为家长, 根据老经验对妻儿进行辖制, 这算不上冷酷无情——他是为了家人活得更体面。体会周朴园的情感, 就不难了解这个人物的痛苦, 这是一个有认知局限的人, 但也是一个感情真挚的人。我们自己，其实也都是有认知局限的人，所以，我们不能苛求一个父亲。没有局限性的人，根本就不存在。既然如此，那我们就应该肯定，这是一个情感真挚的人，是一个真实而不虚伪的人。

当我们以情感来判断周朴园，我们得到的结论和小时候老师口中的周朴园，完全不一样。周朴园变得特别丰富，他的痛苦、真挚、无可奈何，这些都能打动我们，丝毫不会让人觉得反感。

文学作品中确实有政治的成分，但如果不用情感来阅读，或者作家不用情感判断和审美判断写作，作品就是单薄的、简单的。几十年过去了，《雷雨》同时代的革命文学作品，很多都不再被人记起。《雷雨》却能打动今天的无数读者，这是因为曹禺写作时"并没有显明地意识着我要匡正、讽刺或攻击些什么"。

如果我们把这部戏剧当作"一个黑煤矿老板的家庭故事"来看，那当下意义就更强了。这个煤矿老板，他家里乱糟糟要收拾，他还遇见过一个不肯当二奶的女人，现在他的私生女在自己家当用人，儿子们要造反。

湖北公安"三袁"有"性灵"之说，唯有性灵，万古不旧，打破古今中外的壁垒，穿透文化的差异。这是一个可能在不同时代不同国度重复的故事，情节会稍有差别，但人物的"性灵"不会大变。

那么，曹禺写《雷雨》的本意是什么呢？曹禺自己也没有说清楚，他在1936年出版的《雷雨》一书序言中说："连我自己也莫名其妙。"这或许是曹禺的实话，抑或当时《雷雨》被划为革命文学，曹禺不愿再辩解，采用了这种搪塞之辞。这就为后人的演绎留下了空间。

经
典

我以为，《雷雨》从问世之初就被一再过度阐释，赋予了过多的社会内涵、阶级内涵、革命内涵，而其实，只是中国 20 世纪 30 年代一家人的几个爱情故事。莫非曹禺的本意，是要写一部爱情剧？爱情，在剧中也是最为动人的成分。剧中人物，因为爱情而活灵活现。倘若接受以上想法，我们就不难理解，为什么这部戏中，鲁大海这个革命者，给我们留下的印象不那么鲜明也不那么深刻。笔者推断《雷雨》创作动因是要写一部爱情剧，还因为《雷雨》创作于 1933 年。当年，曹禺 23 岁，是一个风度翩翩的清华男生，正和一个名叫郑秀的清华大学小师妹处在热恋之中。下面的资料来自郑秀的同学吕恩的回忆录《回首：我的艺术人生》（2006 年 1 月中国戏剧出版社出版）：

> 6 月初，应届毕业生曹禺未回天津，低两届的郑秀也未回南京，两人整天泡在清华图书馆。西洋文学系阅览大厅东北一隅的长桌一端，两人相对而坐。曹禺埋头创作剧本《雷雨》，郑秀用工整娟秀的字迹誊出。傍晚，两人走出图书馆，荷花池畔、小山石上，一对青年恋人深入交谈对《雷雨》人物的认识，曹禺说自己写着写着不知不觉迷上了蘩漪，寄予无限同情。

对于曹禺的革命热情我一点也不怀疑，但我认为，才子佳人阶段，一个热恋中的男生想写的是一部爱情剧，这是很合理的猜测。何况，《雷雨》的写作过程中，郑秀还是第一读者和誊写者，爱情几乎是这项合作的起源。所以，这部剧最大的特点就是：情，是浓情，是情感判断。

情感判断是文学从业者的最重要的判断方式，情爱是文学的永恒主题。有人会认为写情情爱爱是小情怀，这是写作者还没有笔力把它放在时间的维度来写，是写作者没有把它当作永恒对象来书写的能力，又或者说是没有写到人性的深刻、复杂层面。

吕恩回忆："曹禺说自己写着写着不知不觉迷上了繁漪，寄予无限同情。"从这个"不知不觉迷上"可以看出，曹禺起先并不是对繁漪的反抗持肯定态度的，而是"不知不觉迷上"，从而"寄予无限同情"，这就是用情感在判断人物，如果用道德当标准要批判，如果用革命做准则要赞美。这又从侧面证实，曹禺写《雷雨》之初，不是站在革命文学的立场，所以，我们读到的繁漪比较复杂，她的功能在剧中具有一定革命性，但创作起点不在于此。起初她可能是"大家庭的罪恶"，如果繁漪是"罪恶"，那么封建道统和秩序就可能是："罪恶"的对立面。确实，假设站在维护道统的立场，我们能读出该剧对道统和秩序的赞美，正是因为道统和秩序打破，悲剧才发生。这样分析，显然走入了迷途。这说明，用革命的眼光看待《雷雨》，得出的结论也可能是截然相反的——反革命的文学。曹禺自己谈到繁漪时说："她是一个最'雷雨的'性格，她的生命中交织着最残酷的爱和最不忍的恨。"以革命文学的眼光看待《雷雨》恐怕又要落空，"最雷雨"的人物不是鲁大海。这部作品主要的艺术魅力在于纯美，描绘的是人的情感："最残酷的爱"和"最

经典

不忍的恨"。

曹禺在《雷雨》中对新旧两种人物投注的爱和恨，几乎是对等的，因为没有绝对的新和旧，新旧对立统一在每一个人的身上。对新旧秩序投注的爱和恨，也几乎是对等的，因为《雷雨》的重心在爱情，他希望每个人拥有甜美的爱情。社会总要遵循某一些秩序。新旧交替，秩序标准不一，人的情感和行为在这样的时候，就构成"雷雨的"。种种信息，使我坚信，曹禺创作之初，一定是要写一部"雷雨的"爱情剧。爱情剧和革命文学不矛盾，但《雷雨》不是革命文学作品，尽管剧中对新秩序表现为略多一丝好感。

如今我们重新看待《雷雨》，觉得它依旧能够震撼我们的心，这是因为这篇作品是以情感判断和审美判断为依据创作的作品——这应该是真正的作家应该秉持的创作态度。《雷雨》这样的作品，它理所当然可以穿越时代，在抛开政治因素后，光芒四射。

金大侠的小姨子情结

《书剑恩仇录》中的陈家洛早就和香香公主的姐姐霍青桐相爱，金庸又将香香公主"写给"陈家洛，非得让这位英雄和小姨子相爱，令姐姐霍青桐有苦难言，决心成全。要不是乾隆不得香香不罢休，这小姨子势必要抢走姐夫。陈家洛没有得到香香，金大侠心有不甘，最后，居然将香香写死了，化为香魂。《书剑恩仇录》是金庸的第一部长篇武侠小说，其实，金大侠武侠中一开始便已经露出了大侠的小姨子情结。

看罢《书剑恩仇录》再看《天龙八部》，你会觉得金大侠的小姨子情结真的很重。逍遥派掌门无涯子是《天龙八部》中最厉害的高手之一，其两个师妹——天山童姥和西夏王妃李秋水为他争风吃醋不死不休。谁知，无涯子虽和李秋水生有一女（即王夫人，王语嫣的母亲），但同时也爱着小姨子，而且小姨子那时只有 12 岁。

小姨子，这便是无涯子在石壁上所书的"秋水妹"，并非李秋水本人。无涯子为小姨子刻雕像，在石壁书"秋水妹"，连李秋水也被蒙蔽。无涯子的雕塑作品，最后被段誉称为"神仙姐姐"，看来，金庸是决意美化被姐夫爱着的小姨子。

《天龙八部》中最能传达金大侠小姨子情结的，是萧峰与阿紫姑娘的关系。看起来，萧峰是一个真正的大侠，小姨子爱他多年，他不为所动，一心只记得阿紫的姐姐阿朱，但金庸硬是要写这位阿紫姑娘对姐夫不离不弃至死不渝，萧峰在雁门关自杀身亡，这小姨子抱着萧峰的尸体跳悬崖。所以我说，金庸是坚决不放过小姨子的。姐夫死了，小姨子也要跟着去死的。

在《书剑恩仇录》中，金大侠也写过小叔子爱嫂子。金笛书生余鱼同是红花会的十四弟，爱四哥奔雷手文泰来的老婆骆冰。为什么我不说金庸有嫂子情节？金大侠最后解开了小叔的心结，让小叔子金笛书生余鱼同与李沅芷姑娘在一起了。这个结局算是好的，因为金大侠甚至不喜欢叔嫂间的暧昧。在《天龙八部》中，丐帮马副帮主的老婆爱上了乔峰（本姓萧），乔峰不为所动，马大嫂便由爱生恨，此女形象可憎。

从金大侠塑造马大嫂的形象令我顿悟：金大侠面前无论嫂子还是小姨子，男人先爱女人的话，最终结局都不差，倘若嫂子或小姨子先爱小叔子或姐夫，结局都不大好。马大嫂的形象不好，香香的结局也不好，阿紫的命运更是凄惶，是她们先爱小叔子或姐夫的；而余鱼同最后有爱自己的媳妇，暗恋小姨子的无涯子也被塑造得风流俊逸，他们是先爱嫂子或小姨子的。男人大多有小姨子情节，这是实情，但金大侠骨子里，全是男权思想，在他的武侠世界，男人爱小姨子或嫂子是可以的，小姨子和嫂子爱上姐夫或小叔子，则是悲惨的。

金大侠抛出个极其风流的段王爷（段正淳），一人独得数女真心倾慕，最后，他的正妃报复他，和四大恶人之首的段延庆生了段誉。金大侠劝告已成婚之人不可花心，但是却将段王爷的数位女儿悉数嫁给了少年段誉。这真是魔术师手中的飞刀，玩的是花样，其实金大侠一颗成人之美的风流之心，根本没有变。段王爷滥情尚有报应，可金大侠的武侠世界中，爱小姨子哪有什么报应？陈家洛、无涯子没有什么报应，反而写得美妙；萧峰未能与小姨子在一起，是个遗憾——为了让大家觉得这是个遗憾，金大侠甚至不惜写死了阿紫姑娘的姐姐。唉，可叹！金大侠爱小姨子，挡路者——死。

被误会的成语

一

　　韩非子在《外储说左上》中记录了一件事情："楚人有卖其珠于郑者。为木兰之柜，熏以桂椒，缀以珠玉，饰以玫瑰，缉以翡翠。郑人买其椟而还其珠。"接着，韩非子评论道："此可谓善卖椟矣，未可谓善鬻珠也。"后来，就有了"买椟还珠"这个成语。

　　用商业眼光来看，韩非子的评价是不大对的。韩非子觉得那个楚人擅于卖盒子，但不可以说擅于卖珠子。那个楚人用名贵的楠木做盒子，还用桂椒香料熏香，另精雕花纹，拿翠鸟羽毛装饰。这个包装盒抢眼，甚至堪称艺术品。韩非子是哲学家，看待问题抓的是本质：卖珠子就是卖珠子而不是卖盒子，他一定是觉得那个楚人没有抓住问题的本质。这是商人和哲学家的区别。哲学家祛魅，商人则正好相反。

想想，作为消费者的我们是十分可悲的，正是我们的"趣味"，成就了商人越来越华丽的商品包装，而我们依旧在不断地为这些包装买单。是否韩非子的劝导被大家一笑了之？是否商人从"买椟还珠"中，看见大搞外包装的利好？韩非子，这个说话困难、结结巴巴的哲学家，他无法再和我们理论。我想，他是在天上看我们，笑我们。

也不知什么时候，或许很早很早，"买椟还珠"就用来比喻那些没有眼光，取舍不当，只重外表不重实质的人；讽刺那些不了解事物本质、舍本逐末、弃主求次的人。

其实，通过这个故事恰恰能看出：在商业行为中，我们的老祖宗——故事中买卖的双方，都是明智的。

韩非子所记录的故事，并非作为销售方的楚人一个人明智，那位郑人也是明智的。这位郑人，除了是消费者还是一个审美者。他要买的，或许本身就是一个漂亮的盒子，因为这也是一件艺术品。如今的商家，就是想方设法迎合我们的审美"趣味"，包装商品，让我们产生美好的想象，甚至忘记自己的消费初衷。

从行为来看，郑人买椟还珠无错。他本身就不知道里面应该有珠子，因此，我们可以说他是一个君子。他觉得这个盒子物有所值，喜欢的就是这个盒子。当他发现里面还有一颗价值高昂的珠子，他不能将珠子据为己有，所以，还给了楚人。对于这样一个高尚的人，后世对他的评价居然以功利为出发点——认为他没有眼光、取舍不当！郑人想买的是盒子，难道里面有更贵重的珠子，他就该将珠子据为己有？

韩非子记录的这个故事中，受考验的那个人其实是楚人。卖珠子当然可以做外包装，但别人来还珠子，他是否会收回？很遗憾，"买椟还珠"这个成语流传这么久，好像没有人考虑这个问题。各种版本，将韩非子记录的这则故事演绎得五花八门，但大多是倾向于批评郑人不明智，真是千古奇冤！

二

对牛弹琴，是一件有趣并且脱俗的事情。干得出这件事情的，绝非一般人，要么是艺术家，要么是疯子。"对牛弹琴"成为成语，流传千古，但故事的主角几乎被人遗忘，原因大概出于善意。这个人名字叫公明仪，是春秋时期的一个音乐家，孔子的著名学生曾子是他哥哥。

对牛弹琴的故事记录在一部佛教著作《理惑论》中，它也是现存的中国人所撰最早的佛教著作。相关原文是这样的："昔公明仪为牛弹清角之操，伏食如故。非牛不闻，不合其耳矣。转为蚊虻之声，孤犊之鸣，即掉尾奋耳，蹀躞而听。"

干过对牛弹琴这事的，从古至今，也数不出很多人来，尽管现代科技证实，音乐用于养殖业确有其效。在中国，即便现在打开字典，对于牛这样的动物，一番解释后通常还会说皮、毛、骨等有用，供役使，甚至肉可食用之类。这是实用主义精神的体现。在这样的话语体系中，对牛弹琴者，无疑是异类。也只有在众生平等佛教思想体系的著作中，才会正经八百地记录对牛弹琴的故事。如今，文明的程度远远高于古代，我们重新看待对牛弹琴这事，会觉得公明仪了不起。

但这个词语在中国的意思，使用的时候多是用来表达讥讽。有一篇著名的文章《反对党八股》可以为证，文章中说："'对牛弹琴'这句话，含有讽刺对象的意思。如果我们除去这个意思，放进尊重对象的意思里去，那就只剩下讥笑弹琴者这个意思了。"这个词一直流传，原来是这么用的，这算不算谬用于世？

我们无法知悉公明仪当年干这件事情的真正动机：是出于众生平等的思想而尊重牛，还是太缺乏听众以至于拿牛充数？是他想验证自己琴技，看能否打动人以至于牛吗？我猜想，答案更多地会和他音乐家的身份有关。但无论如何，这个词被用于讥讽，这应该是公明仪想不到的。

然而，对于这个故事，我时常感动的不是《理惑论》想倡导的众生平等，也不是公明仪的行为暗合了动物保护组织所倡导的"提高动物的福利标准"——这是社会高度文明后才产生的倡导。令我感动的是一个艺术家，抑或说一个人，他对自己工作的专注。公明仪抛开世俗的偏见，完全沉浸在自己的艺术追求之中，他一定没有考虑别人会怎么评价这事。

流传千古的事情，往往不是瞻前顾后、深思熟虑后干出来的，最大的可能是一个人沉浸其中，不计其他。对于我们如今怎么使用"对牛弹琴"这个词，公明仪有知，也只能是哈哈一笑了。

时至今日，我们对一些人与世俗相左的行为，是否可以保留更宽容的心态？唉，不得不发出一声叹息，因为表态容易，心里接受也容易，但做起来难啊！

三

古代讲究门第，文人们大约是瞧不上刘邦寒微的出身，对胜利者的他多有编排；对于出身高贵的项羽，或许因他已经是个失败者，反倒更强化他作为英雄的一面。总之，刘邦和项羽的讨论，是个长盛不衰的话题。

我实在佩服，这个刘邦居然如此多才多艺，他给项羽的致命一击，竟然会选用这么一招。四面楚歌，这是一场大型的免费演唱会，总导演是刘邦，大约执行导演是张良、韩信等人。听众是项羽、虞姬，以及项羽那最后的八百壮士。这场演唱会的功能是，让项羽和项羽部众绝望。这场演出充分显示了文艺的力量，项羽听了演唱会果然绝望，蹦跶了几下后，带着无颜见江东父老的愧疚，自刎。大约没有比这更高明的杀人手段了，总导演刘邦胜出！

假设项羽的性格像韩信，是不会自杀的。能被逼死的，绝对不是韩信那样能忍胯下之辱的人。只有像项羽这样的人，才会死于一场演唱会后。出身高贵，一生自负，勇猛无敌，这样的人用音乐为他送葬，以柔克其刚。你看，文化软实力，柔软的舌头强过最坚硬的骨头。

四面楚歌的演唱者，并非真的是项羽江东的父老乡亲，而是由刘邦汉军的人组织扮演的。半夜，演唱会开始，歌声从四面八方传到项羽的营地。项羽一听，大惊："汉皆已得楚乎？是何楚人之多也。"他感到楚已被刘邦占领，所以，老百姓被组织起来半夜唱歌。项羽本打算逃回楚地，以图东山再起，现在看来，他项羽已无去处，最后的希望破灭。这场演唱会，就是压死骆驼的最后一根稻草。这根稻草多么轻啊，刘邦付出的代价那么小。

"四面楚歌"，把它当一场演唱会来评价的人，我不知道有多少。之前，这个成语附着的意义令我感到窒息，它用来比喻陷入四面受敌，到达孤立无援的窘迫境地。其实，这描绘的只是项羽的感受。从刘邦的角度来看，这就是一场演唱会。这样看的话，我们只能说，项羽确实只是一介武夫，不懂得文艺还有这样的功能。

毛泽东应该是懂得"四面楚歌"作为演唱会意义的人。在延安文艺座谈会上，他说："同志们！今天邀集大家来开座谈会，目的是要和大家交换意见，研究文艺工作和一般革命工作的关系，求得革命文艺的正确发展，求得革命文艺对其他革命工作的更好的协助，借以打倒我们民族的敌人，完成民族解放的任务……我们要战胜敌人，首先要依靠手里拿枪的军队。但是仅仅有这种军队是不够的，我们还要有文化的军队，这是团结自己、战胜敌人必不可少的一支军队。"

正是基于这种明确的认识，毛泽东写了"宜将剩勇追穷寇，不

029

经典

可沾名学霸王"，这诗句出自《七律·人民解放军占领南京》，而摧毁国民党军队军心的文章，我觉得有一篇非常重要，那是毛泽东拟写的通讯稿，题目叫《人民解放军百万大军横渡长江》。

我入笑林不愿归

一

《笑林广记》是一部清代的笑话集，但里面大多是绝佳的小小说。"贫士素好铺张，偷儿夜袭之，空如也，唾骂而去。贫士摸床头数钱，追赠之，嘱曰：'君此来，虽极怠慢，然在人前尚望包荒。'"就这么两句话，就具备了小说的三要素，而且是一篇幽默、精彩、深刻的好小说，这篇作品叫《望包荒》。

一个穷人生怕别人觉得他穷，所以，他平日喜好铺张。这是人物的性格，也是典型的中国经验，具有普遍意义，即所谓"穷显摆"，这是人性虚荣劣根的反映。对于防小偷，中国经验中也有一句老话，叫"钱不能现面，现面招贼"。小偷正因凭经验"工作"，偶尔会失望。小说创作中要重视中国经验，重视人物性格的普遍性和际遇的特殊性。

人物和人物在小说中相遇，一定会产生关系和交流。我们会发现，他们的关系是变化的，他们产生的交流是让人意想不到而又符合心理规律的。正是通过作者主体的"发现"和创造才能，他才写出了情节的奇特、跌宕，人物的心理及其鲜明的形象。小说创作中可以对平常故事进行创造性的推展，非常有必要去发掘人物的潜在关系。

小偷识破了那个穷人的真面目——他除了是小偷，还有了新的身份——真相的见证者。作为小偷他大失所望，便唾骂"穷显摆"的那个家伙，骂着离开。这样，人物的关系就发生了变化。人物的强势和弱势也就像阴阳八卦图，转着转着，掉了头，这就构成了戏剧性，戏剧性是精彩和好看的一个法宝。一个作家在写小说时，一定要看得出人物关系的变化，人物关系的变化支撑小说情节的变化，支撑戏剧性的产生。情节的反转如果没有人物关系的变化作为支撑，会让人觉得不可信。

小说中只用了一个字"夜"，交代了故事发生的时间，更为重要的是"夜"是背景，故事发生的一种幽暗环境。这个环境是一种内心化的环境，除了外在环境便于行窃，配合着故事的发生，也和人物幽暗的内心吻合。小说的三要素相互配合时，人物、情节、背景融为一体，这自然成就绝妙好小说。

小偷在夜色中空手离开，那穷人从床头摸出钱，数了数。大家认为，他会为本来就不多的钱丝毫无缺而开心。但这个穷人此刻的心情却是羞愧难当，他在数自己的钱，掂量这区区小钱，能否封住小偷的嘴，希望小偷不要把他家贫的实情说出去。他通过平日铺张，好不容易才给自己赢得了一个虚幻的"富有的光环"。骂着离开的小偷估计也没料到，这么个穷人，居然会追上来，追上来不为别的，是给他送来一笔钱！我想，此刻的小偷一定惊讶地张大了嘴巴。

穷人把钱送给小偷时，说话还非常客气，或许是因为他送来的钱不够多，底气不足，有点怕"唾骂而去"的小偷不同意收。读到此处估计所有的人都会忍俊不禁，那个穷人说："您这次来，我虽然十分怠慢（您看，白让您在家找了许久，真不好意思，我送来给您的钱也很少），但是请您在别人面前帮我美言几句，还请您多多包涵。"

这样的事情，不管是古代的小偷还是现代的小偷，几乎不可能遇见，除非是在这则《望包荒》之中。这就是小说，是艺术品，虽然这事情难以发生，但作者这样写，达到了前所未有的心灵真实。一个人通过铺张建立虚荣，这会儿也不惜贿赂小偷，以维护虚荣。贾平凹说："情节全然虚构，请勿对号入座。唯有心灵真实，任人笑骂评说。"小说创作要讲心灵真实，哪怕情节全然虚构。

二

《笑林广记》中提到"酸酒"的，有两则笑话，其中一则题目就叫《酸酒》，这是一篇心理小说，它告诉我们"玩笑"里面是有"认真"成分的。作品全文如下："一酒家招牌上写：酒每斤八厘，醋每斤一分。两人入店沽酒，而酒甚酸。一人咂舌攒眉曰：'如何有此酸酒，莫不是把醋错拿了来？'友人忙捏其腿曰：'呆子快莫作声，你看牌子上写着醋比酒更贵着哩！'"

如果不知道一点手工作坊时期的酿酒知识，这则笑话的妙处读来就打折扣。或许我们已经忘记了，酒有可能会被酿成酸的。酿酒依靠微生物发酵，如果温度比较高，微生物生长快，发酵期长，产酸菌会把乙醇转化成乙酸。乙醇使之成酒，乙酸则成醋。酒酿和醋酿，一线之隔，中间就是酸酒。酒家酿酒失败，自感到惭愧，所以，这酸酒的价位也不高，只八厘。

倘若酒家明说自己的酒不大地道，不仅消费者不会光顾，还有损自己的招牌，酒家走入了困境。于是，酒家在招牌上打出了那条诱人广告。在酒和醋的竞价中，广告标明酒便宜于醋，酒的价格优势自然就明显。而把酒和醋放在一起竞价还让酒更便宜，明显是"酒不好"的某种暗示，顾客读不出来是自己不明智。商家的表现嘛，还算是有一丝诚信的，因为酒通常要比醋贵。所以，买了酸酒的人，自然怪不得老板，流传千百年的潜规则是：一分货一分价。顾客上当了，但不是被骗了，中国经验是"便宜无好货"。

笑话中的两个沽酒人，不知他们是否真没从"酒每斤八厘，醋每斤一分"的营销广告中，读出幽默和玄机，读出商家的无奈和智慧。在那个时代，知道酿酒失误会酿出酸酒的人比这个时代的肯定要多。沽酒的两位顾客，无视酒通常要比醋贵的常识，找便宜，要么出于他们嗜酒又拮据，要么是上当后方才恍然大悟。你看这酸酒，既可算酒又可算醋，既非酒又非醋。在故事发生的清朝，实在是难于界定它的"身份"。喝了它后，最好的办法只能是老实地按照"酒价"来支付。

弗洛伊德有言：世界上根本没有什么玩笑，里面都有认真的成分。这酒家拿广告语所开的"玩笑"，确实有"认真"的成分。

三

小说之妙，微言大义。《笑林广记》中的《瞽笑》是这样写的："一瞽者与众人同坐，众人有所见而笑，瞽者亦笑。众问之曰：'汝何所见而笑？'瞽者曰：'列位所笑，定然不差，难道是骗我的？'"

瞽，是盲或瞎的意思。《瞽笑》中的瞎笑，指跟着别人笑，它写的是一个盲人的从众。这是"少数服从多数"的一种情形。

"五四"追求的那位"德先生"，时至今日很多人并不真了解它。许多人认为"少数服从多数"就是"德先生"。除此之外呢，

"德先生"的要义恰恰还有尊重少数人和不同意见。《瞽笑》这则笑话的可贵之处在体现"德先生"的精神——众人诘问盲人："你看到了什么？为何而笑？"

大家都在笑，那是因为大家觉得可笑。而这位盲人明明什么也看不见，但他也跟着笑。他是最有希望在众人皆笑之时不笑的人，然而，看不见可笑之事的他，也笑了。"诸位所笑，一定不会错，难道是骗我的？"笑话中的是一个盲人，生活中睁着眼"瞎笑"的人不在少数，至少那则笑话中的所有明眼人全笑了。你想想，一个盲人会在大家笑的时候跟着笑，更何况一个同大家一样的明眼人，看得见的更是要笑的。

可怕之处原来在这里。

人生活在世界上，总是和众多群体紧密相依，从众后不会被孤立。人类的相互学习中，从众也带来好处：一个幼童从众，表现出来的是良好的学习和模仿能力。我们从小就是这样长大的，从众而长大。但长大后依旧毫无主张一味从众，则是没有独立判断能力的表现。

从小我们学习知识，培养生活习惯多是靠从众，我们结婚育子还会对孩子说："你看某某小朋友多乖，要向他学习。"从众不仅是集体无意识中有的，还是长辈们要强调的，长辈们努力要把孩子变成一个和大多数孩子一样"正确"的人。这正和盲人的回答异曲同工："诸位所笑，一定不会错，难道是骗我的？"

别说做一个特立独行的人，就是只做一个有"德先生"精神的人也是非常难的，面临着孤独，以及紧随其后的诸多困扰。这样一来，世界上最常见的聋者是明目的，最容易听到的声音是聋笑之声。当一群大笑的人嘲笑一个盲人为何跟着大笑的时候，他们不知道自己的可笑之处何在。"列位所笑，定然不差，难道是骗我的"，真的"定然不差"吗？当一个瞎子这样问一群人的时候，这群人一定感受不到：这何尝不是一个瞎子对一群明眼人的嘲笑？

共同的文化背景、道德规范和行为习惯，深埋在潜意识中。真正的思考者，需要对思辨惰性进行反抗，实际也是自己对自己的反抗。正因此，读这则笑话，不同的人能读出不同的可笑之处。

现象

韩寒会是另一个玄慈大师吗

话说少林寺的玄慈方丈,算得上是一个有修为的人,若非君子,岂会被自己早年的罪和几句话逼死?原来,早年他带队截杀过萧峰一家,也曾弄得人家家破人亡;年轻的时候,他还和少女时期的叶二娘互生情愫,生有一子。若干年后,英雄大会,德高望重的玄慈大师按照少林门规,杖责破戒的虚竹。叶二娘认出儿子,苦心策划安排十几年,一心报复的萧远山哪肯放过这样的机会,怎会放过玄慈大师?于是,牵出玄慈早年破过色戒,已成为方丈的玄慈,只能自领杖责致死。

我想,若非方丈心中藏罪,方丈可能不会后来特别慈悲,从而博得人人夸赞的江湖美誉。玄慈之所以是现在的方丈大师,和他心中藏罪关系莫大。此外,特别需要指出的是,小说中玄慈的慈悲肯定不是为了博得他人赞誉,后来的修为是一种自我救赎。对于玄慈方丈的死, 在《天龙八部》中乃"冤冤相报"的一个环节。玄慈之死, 维护了他自身道德的完美, 也给了被杖责的和尚们, 尤其虚竹、萧远山一个公道。但作为"冤冤相报"的环节, 逼死玄慈则是世人"放不下, 看不破"的表现, 不属于金庸赞成的范围。不然, 金庸也不会在《天龙八部》的最后, 安排一个世外高人"扫地僧", 点悟他们。

时常是"放下屠刀立地成佛", 这大家能够接受, 像玄慈方丈这样自隐其污点的大师, 大家容不下他。人们喜欢一个词, 就是韩寒所说的四个字: 光明磊落。是否光明磊落, 这才是"方韩论战"的要害。至于一个年轻人早年的文章是否其父代笔, 我想不是核心, 即便代笔又如何? 能证明现在的韩寒是一个"劣质韩寒"吗? 即便韩寒文章写得真是不好, 但有粉丝, 有吹捧, 他的书能大卖, 那又有什么问题呢? 韩寒面对质疑, 要"悬赏 2000 万", 如果找到"证据", 他还要奉送全部已有版权出去, 就此封笔。这问题就严重了。也就是说, 他在把自己逼到玄慈方丈的位置, 不管他是不是玄慈。这也把质疑韩寒的人, 逼到了一个危险的位置, 即便真找到"证据", 他们也是"逼死"韩寒的"凶手", 毕竟韩寒的《1988》是有分量的作品, 倘若"逼死"韩寒会令人感到遗憾。韩寒执意要下这样的一步棋, 质疑者难道该就此隐退吗? 毕竟质疑者们不都是萧远山, 不是为了私人恩怨, 而是为了天下公器。倘若没有质疑者, 当假冒大师横行的时候, 谁站出来说话?

这场事件继续发展下去, 必然要见"红", 韩寒的回应, 已经把问题引向了不会轻易收场的境地。光明磊落的真相只有一个, 但总要害到人, 不是韩寒本人, 就是韩寒的论敌。因为这场论战, 韩寒的形象受到损伤，他代言产品的所属企业可能会取消和他的代言合作，韩寒的经济损失可能会巨大。据说，韩寒要起诉质疑他的人。本身，打官司不是一个解决文艺论争的办法，质疑有什么不可以呢？难道因为会给韩寒带来的损失巨大，就要质疑者承担质疑的经济风险吗？那以后，又有谁敢去质疑大人物？作为作家，作品被质疑，韩寒无法自证并非别人代笔，这是肯定的。所以，如果韩寒是被冤枉的，他确实无法辩驳，但他就应该承担由此带来的经济损失吗？这对于韩寒来说，恐怕也不公道。

文学奖为何尴尬

鲁郭茅巴老曹，中国现代文学六大家的简称。他们六位的名下都设有文学奖。文学奖很多，有人说，文学奖多是坏事。这是中国的现象，其他国家的人恐怕难以理解。仅仅凭借想象的话，奖多，不同领域不同审美趣味的优秀作家和作品，就有可能因获奖而受到大众关注，奖多就是好事。可是，好事也会遇到尴尬。

今年的老舍文学奖就遭遇了尴尬，奖差点被取消。老舍文学奖继续评下去，不能仅靠老舍的面子，也不能仅凭"有关部门"的一句话，应该考量它的影响力和作用。有影响力、作用大，把它变成一个民间奖项，也照样能评下去，它不会是默默无名的奖项。因资金问题，本届老舍文学奖的获奖作家只拿到奖杯而无奖金。同样是以现代文学大家的名字命名，但各种文学奖的"待遇"大为不同。奖金不同是次要的，主要是主办方对于奖项的认可度不同——涉及获奖者今后的职级乃至任用。文学奖的受关注程度，和不少非文学的成分有关。

奖金当然是奖励的一部分，没有奖金的奖，是不完整的奖，尽管这样看上去会是"干净"的奖，老舍文学奖今年无奖金，确实是一种尴尬。当然，文学奖的含金量，主要取决于这个奖倡导什么，这个奖能否给获奖者带来真正的荣誉。而文学奖的公信力，则需要靠获奖作品的质量来支撑。一个文学奖能否被大家记住，很大程度取决于它的获奖作品在很多年后，是否还能被大家认可。

中国虽有这么多文学奖，但依旧不能让各种路数的重要作家、代表作家及时获得有影响力的文学奖。原因在于，很多文学奖不过是茅盾文学奖、鲁迅文学奖的热身奖，这些奖必然不会成为真正有影响力的大奖。这些文学奖的存在意义并不大，因为它们没有独立的美学趣味，无法在包容性面前建立权威性，不能够鼓励审美的多元、无法独立风标，评出来的获奖作品无法经受时间的检验。

主办方级别高，奖金丰厚，于是大众对茅盾文学奖、鲁迅文学奖这两大奖项便寄予了过多的厚望——因而其评奖结果就更容易让人愤怒、攻击——所有人的审美趣味都希望在这两大奖中得到满足，这怎么可能办到？茅盾文学奖和鲁迅文学奖招致非议，要多正常有多正常。而且，为了满足大众的正当诉求，这两大奖就必须对得起观众，必须"搞平衡"，必须"还债"，不时地把奖补发给一些曾经写出好作品的重要作家——这样就会拆东墙补西墙，一直"还债"，依旧是"负债"累累。这也就必然在每一届的评奖中，都留下一点遗憾。

同时，这也说明中国很需要其他的重要文学奖。一方面是中国文学奖遍地都是，一方面是中国需要其他重要的文学奖。这就不难看出，很多文学奖都处在尴尬的位置，而不仅仅是老舍文学奖。老舍文学奖所面临的尴尬，不过是中国文学奖尴尬的一个缩影，主要的尴尬之处还真不是它今年没发奖金。老舍文学奖以前的获奖作品，我们能说出多少篇？鲁迅文学奖的获奖作品，我们有多少篇是记不住的？茅盾文学奖的获奖作品，是不是有你说不上来的许多名字？

目前中国最具影响力的文学奖，依旧是茅盾文学奖和鲁迅文学奖。而且，随着各种文学奖在评选标准上与这两大文学奖趋同，这两大奖项获得的关注度更高。我们不需要取相近似的许多个文学奖，我们需要的是不同于鲁迅文学奖、茅盾文学奖的文学奖。挂上其他大作家的名号，做与"鲁奖""茅奖"一样的事情，那些大作家会不高兴，老百姓也会失望。想想文学奖的尴尬，今后或许会有不一样的评奖结果，或许会有更能接受时间检验的评奖标准问世。

理解诗歌的难理解

我只是一个诗歌爱好者，不是诗人，不是诗评家，只是"诗歌票友"，喜欢读诗，关注新诗有十多年。《北京文学》发出"中国诗歌向何处去"的讨论征集，里边说"欢迎广大读者、专家参与讨论"，如此重视读者意见，将读者排在专家前边，是对群众的信任。作为读者的我们，岂能辜负杂志的抬举？于是，我敲响了键盘，来撒撒野。

旧体诗和新诗这两个概念，前者是已经收官，后者则是尚不能总结的。新诗还处在一个发生的过程中。正如"盘峰论战"之前，口语诗可能是新诗中的异类，不被认可。现在，"废话写作"成了不少诗评家眼中的异类，比如赵丽华的诗、乌青的诗。他们的诗歌在网上被热炒，不是群众都在反对，而是部分群众觉得和他们理解的"新诗"差别太大，把它当作了新鲜。如果群众真觉得原作完全没意思，恐怕连理会的兴趣都没有，别说去仿写了。探索的最前沿和大众已经接受的概念，二者当然有很大区别。群众关于新诗的理解从哪里来？是过去人们总结的，参照的是旧有诗作，但之前的总结可能已经失效，旧有好作品的具体魅力和影响又依旧存在，这之间就会产生困惑。网络上仿写赵丽华、乌青的诗，仿写就毫无证据的力量，能仿写不代表原作一无是处，也不证明原作多么了不起，只能说它激起了关注。李白的《静夜思》、孟浩然的《春晓》是口语化的，现在也有很多仿写版本，那也只是恶搞，仿写于原作毫无意义。诗歌是闪电，不能复制。现有新诗的概念，只能暂时以现有的新诗作品作为支撑。至于将来，出现什么样面目的新诗，新诗的概念如何界定，这是无法预料的。应该鼓励出新，由群众取舍，让诗评家总结。随着诗歌写作日益草根化，我觉得将来新诗的面目必将由广大的群众决定——群众创造新诗。新诗引进中国，文化精英们做出过巨大的贡献，但诗歌不应该就只是精英文学，现在应该是把诗歌还给群众的时候了。《诗经》中那些来自民间的诗作，就是人民创造的。新诗的生成过程中，我认为，十分需要群众介入，这是新诗真正成为中国诗必不可少的一个环节。正如诗歌发展史上，人民一次次改变诗歌的面目，新诗也必将由人民赋予它面目。旧体诗和新诗之间，不具备本质的延续性，旧体诗好坏的标准，几乎不能用在新诗中，也就是说，新诗和旧体诗的接轨依旧没有实现，也可能永远不需要实现。如果说延续性，旧体诗和新诗，都叫"诗"，都具有"诗意"。诗意，或者说读者理解的诗意，差别很大。旧体诗和新诗之间，是时间先后上的一种延续，是新旧交替，而不是继承或继承基础上的文体变异。所以，实际上谈论旧体诗和新诗，谈论的几乎是两个差异特别大的对象。新诗概念尚未定型，这也决定新诗好坏的判断标准目前肯定是不统一的，必然出现混乱。照我的理解，现在诗评家的工作，不是否定什么样的诗不是诗，而是发现什么样的诗也可以算作是诗。你说它不是新诗，那别人问你什么是新诗，你是回答不上来的，假装回答得上来，也是在瞎说。如果诗评家用现有理论来规范诗歌，说得不好听一点，实际是在扼杀新诗的成长，催它早熟。在新诗发生的过程中，需要的是推动者，而不是阻挠者。探索者多，这是好事，探索的那条路失败，要等到这部分探索者走不下去的时候再说，到那时恐怕也就不值一提了。在这个意义上，诗评家应该是观察者，观察者无法解读许多人赞赏的诗作时，那就是观察者该学习的时候了。理解不了就反对，这个所谓的诗评家就是失效的，新东西要出来时，反对的理由总是千万条，肯定的理由却很难找到和总结出来。当初"三个崛起"的论述者们，就是因为起到了推动创作的作用，总结了新的诗歌写作可能。而诗人应该是具体的探索者，打头阵，诗人的任务是，在自己对诗歌现有理解的基础上，写出更美妙的作品，或者探索诗歌写作的其他可能。那么读者呢？诗歌读者，不要把诗歌当固定的样式看待，你读的诗觉得有意思，你就应该信任自己的判断，这样写是可以的。你也可以写写——如果你确定自己的写作欲望被调动。照我看，现在诗歌的读者越来越多了，写诗的人也越来越多，但不少诗评家则认为大家读的不是诗，那就不好办了。必然，诗评家们是觉得他们心中的"新诗"读者很少。同理，他们也觉得写"诗"的人很少。

现象

爱情、人与时代的书本之外相遇

　　《山楂树之恋》的畅销，固然是因其有通俗、好读的一面，但也还是因为它绝非一部浅陋的作品。你可能认为这部作品技法平平，但分析小说作品怎么样，并非完全看写作技法本身，写作技法的运用，最终目的是强化艺术感染力，实现含义表达的丰富性、复杂性。当我们知道技法只是"舟车"的时候，"过河"的方式便会不拘一格，不一定先进的工具就是合适的，木船过河也是可以的。遇见小河，蹚过去也是可以的，非要轮渡可能就搁浅了。"舟车"不是本质，"过河"才是硬道理，"过河"过得精彩与否，才是本质。

　　一部爱情小说，它必然反映的是某一个年代的爱情，必然是表现某个年代的人，甚至可能表现出的是某一个时代。艺术品如一滴水，如果它具有取自大海的天然性，必然能让人看见大海。所以好的爱情小说可能让人读出的不仅仅是爱情，而是一个时代。于是，写作没有小题材、大题材孰优孰劣的可比性。从局部与整体的关系来看，不仅仅写爱情，其实写任何东西都能由局部传达出整体；从局部与整体的关系来看，某一个时代的爱情，某一些人的爱情，是爱情的外延，也必然从属或丰富亘古永恒的"爱情主题"的内涵。《山楂树之恋》便是这样，我从中读出了爱情，也从中看见了时代。如果我们既能看见这部作品写法简单，又能看见它像那个特定时代的一个小水滴，我们就应该承认，其实这部作品并不简单、浅陋。

不同的时代，人的精神面貌、道德面貌是不一样的。同样是"恋爱"，在《山楂树之恋》中的年代和当下语境反差巨大。现在我们的民族几乎在忘却"羞涩"是一样什么东西。一方面，徐志摩所写的《沙扬娜拉》中的羞涩，我们依旧觉得很美好；另一方面，现在的人怎么也写不出来，无论是日本女郎还是中国女郎，无法给诗人提供书写"羞涩"的灵感。清澈的大河、蔚蓝的天，消失了。现在的诗人不可能写出水滨泽畔的句子"关关雎鸠"之类。艳照门、兽兽门、厕所门……在这些"门"中，有维权疾呼的女性，有思想解放的女性，但鲜有羞涩的女性。我们民族以及全世界的人，精神面貌都发生了巨变，但我们依旧觉得羞涩是一种美好的怀念，这很奇怪但也不难解释，这是男性视角下白流苏的低头。

《山楂树之恋》便是由此，得到了男性读者的青睐。在《山楂树之恋》的文本之外，爱情、人与时代相遇了，当小说中羞涩的静秋跨越时代，出现在当下语境，现代人——我，像迎接女神一样迎接了她。于是，静秋与老三无性爱的爱情故事，在这个人称"爱是做出来的"时代，在我这里获得了类似《圣经》的待遇。而老三这

现象

个人物有较好的家庭背景，他忠于爱情，愿意等候自己爱着的女孩，无疑，这是我们这个时代的大多数男子所做不到的。这便是女性视角下几近完美的恋人老三，老三这个人物形象吸引大批女性读者，让我们这个时代的少妇少女们着迷。

我以为，《山楂树之恋》的热卖，实际上代表的是当下人们潜意识中的诉求。按照弗洛伊德的说法，现实中难以实现便以扭曲的形象在梦境中实现，文本《山楂树之恋》便是一种梦境，读者通过阅读抵达爱的乌托邦，享受爱的精神属性。倘若联系时代，我便把它看作是当下现实映射出的成人童话。这部作品对准了爱情、人、时代在嬗变中的尴尬和困惑，在文本外我也曾和这些问题相遇，我在阅读这部小说的时候，便没有停止拿它和我们当下的生活做对比，于是，我读出的是批判现实的意蕴。

不仅仅作为小说而存在的小说

　　小说能否不仅仅作为小说而存在？学者和作家用语言回答，博集天卷图书公司用业绩回答。

　　博集天卷图书公司推出"杜拉拉"，强调其"实用"，众所周知，"实用"绝对不是小说的特征。"她的故事比'比尔·盖茨'的更值得参考"。这是印在该书封面上的广告，通过比较和"更"字，突出"实用"。营销"杜拉拉"时，博集天卷也不是"就书论书"，而是引导读者思考小说中描述的"职场经验"和"白领生存法则"。而读者认定这部小说是"职场指南"或"培训教材"，认为它"比教材好看，比小说有用"。推销者和消费者之见如此默契，实证"小说不仅仅是小说"之后的市场号召力。直至目前，还有更多潜在的读者将需要读"杜拉拉"，"杜拉拉"依旧高居畅销榜。

　　"杜拉拉"系列发行突破 350 万册后仍持续火爆，有记者带着困惑采访作者李可。那个记者说："《杜拉拉1》比较休闲，但有人读来觉得'浅'，《杜拉拉2》知识性加强了不少，但也有人反映读着'累'。"面对"二难"和记者的"挑刺"，李可说："我在写作的过程中，会回忆自己曾经非常需要哪些方面的点拨，会告诫自己不要写废话、空话，要写能帮助到他人的东西。"从对话可以看出，无论记者所说的"读者"怎样看待"杜拉拉"，作者只强调她写作中注重了"实用"——而"杜拉拉"的350多万读者，需要的就是白领阶层实用的"杜拉拉"，不少人的理想则是变成白领杜拉拉这样的人。

李可本人是世界500强企业的资深经理人，属于职场"成功人士"，她有切身职场经验，她的"职场小说"写实性和可借鉴性都很强。如果说"杜拉拉"是"产品"，那么产品生产者的认识、产品的实际价值和产品的宣传定位是高度统一的，于是，需要这件产品的人群拿到产品后是实用的。如果从"小说经典"的高度来看，"杜拉拉"写得不大合格，甚至可能被批评为"幼稚"。依我之见，这部小说肯定不是朝"经典小说"在写（实际上想写不朽之作而写出一堆垃圾的人太多太多），但作为"产品"来说，李可的写作有清晰的"消费者"定位，"杜拉拉"能让它的读者开卷有益。对于它的几百万读者来说，这无疑——就是好小说。

正如很多人不会去喜欢阅读说明书，但有特定需要时会重视起说明书来，甚至感叹说明书也可以写成经典。对于一个新阶层的成员来说，他们需要借鉴他人从而了解自己——白领阶层怎样在职场生存？怎样规避风险？这是大家想弄清楚的问题，"杜拉拉"就是回答这些问题的经典。改革开放三十多年，中国出现了以往根本没有的、现在蓬勃壮大的"白领阶层"，小说人物"杜拉拉"是现实生活"千呼万唤始出来"的白领阶层代表：一个"普通人"，"姿色中上"，"成功打破了以男人为中心的商界玻璃天花板"（英国《独立报》）。笔者认为，"杜拉拉"伴随着一代白领的成长，必会成为这代白领的记忆，"杜拉拉"由此称得上是"职场小说"的代表。

李可小说中的内容，专业的小说家往往会由于"没生活"，难以写真切，说白了：写什么样的小说，不是你想写就能写的。当年很多人曾轻视琼瑶，现在依旧常有谤言在耳，只要"言情小说"还被人提及，无论褒贬都不得不提及琼瑶，为什么？后来写"言情"的人很多，但琼瑶只有一个，她注定是个传奇。琼瑶小说大卖"言情"顺便派送小说，只要"言情"还在，琼瑶的"位置"就还在。无论你如何批评，琼瑶"言情"成了一代人集体的记忆，现在琼瑶的连续剧依旧富有号召力。现在我想说，写"职场"的人很多，李可也只有一个。诟病李可小说价值不高、是职场笔记体等等，阻挡不了她的小说进入一代白领的记忆，也阻挡不了"杜拉拉"电影火爆上映和"杜拉拉"连续剧的开播。

小说能否不仅仅作为小说而存在？当问题再次被提出，我的回答是肯定的，尽管我觉得具有小说自身意义的实验文本极具价值。梁启超就曾说："今日改良群治，必自小说界革命始；欲新民，必自新小说始。"文学的力量曾被异常看中，于是更有"文章乃经国之大业，不朽之盛事"的说法。小说被作为"工具"加以利用，也不能算是什么新鲜事。而众所周知，在 20 世纪 80 年代以前，新中

现象

国的小说之所以"热闹",主要是小说之外的成分在起作用。"先锋文学"发轫后,作家和学界有很多人倡导"让文学回到文学自身"。与此同时发生的是媒体格局发生改变,整个社会的主要关注点已经逐渐朝经济层面转移。综合结果是,"文学热"迅速降温,失去昔日光环。

我们无法挽回,也没有必要挽回"文学热"的时代。最终值得记忆的依旧是文学中的极少数经典,风光一时的作品也可能写进文学史,被反复提及,而只有经典的作品才能历经岁月后融入进一代代人的精神血液。但很多事情会以惊人的相似重现。跟踪社会变革的作品总是率先获得社会大众,至少是某个人群的关注。这次"杜拉拉"推动的"职场小说"热潮,在我看来,本质是因为新阶层出现后,终于出现了与之对应的作品,呼应了这个阶层的内在需求。新的人物、事件、状态总是被那些有准备的作家发现和书写。回顾文学史,我们时常发现某些思潮发轫期的作品具有某些不足,留有时代和作者局限性的书写硬伤。想及此,我原谅了"杜拉拉"的不足之处,向读者热情推荐"杜拉拉"。

非主流作家面貌一种

有一位作家名叫陈武，他在《人民文学》《作家》《钟山》《花城》《十月》《天涯》等众多名刊发表过的作品有小一千万字，《小说选刊》《小说月报》《中华文学选刊》《中篇小说选刊》等杂志选载过他的不少小说，此外，他的有些作品还入选过多种年度选本。陈武写了那么多质量不错的作品，可是没有哪一部作品是他的标识性作品。他虽有文名，却未曾红过。经常发现某某作品一发表即被指为某某主义的代表作，抑或某某作家被称为某某流派、某某群体的代表作家，这自然容易产生不幸，但幸运的成分却远远高于其不幸。作家、作品被扣上某种帽子，然后在反复提及中或产生误读误导，但在传播学上的意义得到了体现。陈武及其作品从来不曾沾染这样的不幸，也从来不曾有过那样的幸运。

文学界中有不少陈武这样的作家。他们的写作功力并不差——

像陈武甚至是功力深厚的。有的作家一直等到年纪颇大后才成名，被称为"大器晚成"，其实大器早就成了——只不过名声来得有些晚。有的作家终生都等不到大红大紫那一天，他们像一个个经验丰富而且拥有快船、好网的渔夫，在河上一生守望——没有遇见自己要抓的那条大鱼，或者在他们抓住大鱼的时候，恰恰我们正流连于别的风景，我们看不见他们抓住的那条大鱼。还好，文学不是一阵风的事情，不是娱乐新闻，文学还有个"秋后算账"的机会；作家写作品，也绝不执行计划生育政策，绝不会满足于生独胎。这一切使我们依旧有机会，看见或重新看见他们诞下的作品。

2014 年我责编了陈武的中篇小说《支前》。这部小说的人物，不是其所属时代主流精神的写照——陈武好这么一口，陈武总是不那么与时俱进，不那么趋向大家都做的事。《支前》带些野史的气质，只是野史气质，连野史都算不上，因为野史也是一种史。作者以且戏谑且温情并且尖锐还让人略感意外的笔墨，描述了淮海战役的一个角落。淮海战役是一次可公度性极强的战役，这篇小说选择的是读者在史书中无法见到的小人物，无法窥见的一个偏僻角落，人也好事也好，都不够格入史，哪怕野史。陈武以小叙事，演绎支前民工和女队长、土匪和女队长、公粮和饥饿、生和死的重重碰撞。这部作品重新把陈武带到了读者面前，反响不错，但依旧没能让这位第六次登上《小说选刊》、写了三十年的作家"热"起来。

和陈武有了些交往后，陈武曾送他的小说集给我，这使我有机会了解陈武之前的创作状况。梳理着他作品一部部稠密地发表的那些年头，我发现他一直是一个"非主流作家"，而且是温文尔雅的非主流，从来不曾勇立于文学大潮。这近乎是一种写作状态，说是态度都有些牵强。他从来不曾想过搭上某次文学浪潮的快车，他的小说人物既不排斥时代和现实，也不单单成为时代和现实的解说员，他小说的写法既不前卫也不落后，他作品中的情绪总是处于一种中和状态，从不极端从不偏颇。这么一个最应该"主流"的作家，偏偏从来不在"主流"里面。他在"先锋文学"热火朝天的时期，和苏童等人同时开始写作，可那时他的作品比较重视写实传统；等到新写实小说发轫的年头，他一个男作家提前写了近似林白《一个人的战争》那种气味的、表现女性意识的小说；底层文学的概念还没有建立，打工文学还没有热火，他在《换一个地方》中塑造漂泊者形象。

陈武某些作品的出现，于文学热潮总是不对位。像《换一个地方》这样的小说，写于21世纪初期，如果沿着这个风格再写上几年，他也就等到了打工文学、底层文学来收编他，可是他总是有自己的想法要去兑现于作品中，他没有等待，从不沉湎在某个想法里，还不愿意写系列小说……因此，评价陈武的小说创作不是一件容易的事情，他的小说太杂。杂，或许是梳理陈武小说创作时最显著的阅读感受。陈武的小说创作，乱石铺街。苏童空灵，余华化繁为简，莫言叙事密不透风，这是叙事上的特色，陈武隔几月一个调，每一个调玩得都不错，但都不能开山立派。陈应松写神农架，阿来写藏族生活，王跃文写官场，贾平凹写西安，王安忆写上海，都是近水楼台先得月，玩出绝活。陈武的鱼烂沟乡，在他的多篇小说中出现，但对我而言大象无形，我还没能找到通向鱼烂沟乡的精神脉络。

作为朋友，我当然希望陈武顺势而为，乘风破浪，大红大紫。作为一个职业读者，我却希望陈武这样的作家更多一些。小说家应该是杂家，有志于小说创作的人，不妨下一盘很大的棋——上升的一切必将汇合。小说是杂种，杂种在这里不含贬义，甚至恰恰是描述了小说的"纯血统"。艺术本身，疆域辽阔，艺术和自由创造是亲戚。从这点来看，所谓的"主流"是不值得长期侍奉的。

金庸小说与当代中国年轻女性形象

在谈论20世纪50年代小说作品时，金庸创作的小说不得不提，金庸50年代的作品深受几代华语读者的喜爱，真正可以称得上生命旺盛，经久不衰。《射雕英雄传》中的黄蓉、穆念慈，《神雕侠侣》中的小龙女、郭襄，《倚天屠龙记》中的周芷若、赵敏、小昭、殷离，几代女性与现在中国的70、80、90后中国女性的性格是如此惊人的近似。我想，金庸塑造的女性形象影响过新中国女性之性格形成。

《射雕英雄传》中的黄蓉，始开古灵精怪、刁钻叛逆之风。《还珠格格》中的小燕子以及《刁蛮公主》中的公主等等，是姗姗来迟的后来者。《射雕英雄传》中的穆念慈是深爱坏男人的女性代表。她性格刚毅与敦厚结合，爱坏男人无法自拔。在20世纪80年代之前，中国大陆女性的主流是中规中矩，不会以黄蓉和穆念慈这样的女性作为楷模。红色教育让我们对所谓的"好男人"和"坏男人"

爱憎分明。《射雕英雄传》写于 1957 年，80 年代开始才风靡大陆，80 年代后果然就出现了很多类似黄蓉、穆念慈性格的 70 后、80 后女子。80 年代适逢改革开放，是新一轮思想解放的开始，当年金庸深入人心的作品影响甚大，这和思想解放相应和，如风与火相互借势，金庸作品是书本与影视双管齐下，对中国女子新性格之形成产生了深刻影响。

1959 年金庸写的《神雕侠侣》也是 20 世纪 80 年代传入大陆的，小说中小龙女和杨过的恋情令无数读者感动不已。小龙女和杨过的恋情是姐弟恋，同时还是师生、长幼恋。在小说中的时代（古代），这是乱伦。在《神雕侠侣》出现年代的当代文学作品中，肯定有这种爱恋的作品，但没有哪部态度如此坚决，把这种恋情写得这么美丽。小龙女的形象潜移默化地影响了很多人，促动了人们爱情观念之嬗变。小说中的另一个女性郭襄对杨过的爱，其实依旧是小孩子爱上了大人，只不过这次把杨过追求小龙女换成了郭襄爱上杨过。从小龙女到郭襄，进一步打开了女性解放的闸门。小女生勇敢爱饱经风霜的男人杨过，并且，郭襄在冷遇面前毫不却步。郭襄较之其母黄蓉，显然更刁钻，郭襄号称"小东邪"，80、90 后女性之性格走向，呼应的是郭襄的性格。

金庸随后的作品《倚天屠龙记》里边，周芷若是一个美丽又充满报复心理的女性。爱一个男人时，也怀有心机，像"坏男人"一样充满占有欲，毁坏自己得不到的一切。这也成为女人不可负的一个代表形象。小说中的另一个女性赵敏，在很多时候的表现和周芷若很像，或许是周芷若的另一种表现形式。如果赵敏得不到张无忌，估计也会像周芷若一样抓狂。赵敏和周芷若，代表的是女性在爱情生活中不再是被动的角色，非但不被动而且有了主导的欲望。此外，赵敏和周芷若与黄蓉也不一样，赵敏、周芷若不再是成就男人、旺夫的附庸，而是带有女权主义崛起的征兆。

《倚天屠龙记》中的另外两个女孩就更有意思了。小昭——在周芷若和赵敏的时代，恰好反过来，温婉可人，是旺夫的形象。小昭集合了黄蓉与穆念慈的性格，聪明、伶俐、传统、克制，成为缓释张无忌紧张江湖生活的贴心膏药。殷离，丑女无敌的时代宣告到来。殷离很丑，殷离很温柔。当美女让人感到畏惧的时候，无疑，丑女殷离更能让张无忌念念不忘，殷离是贤惠、专情、大度的妻子的形象。

21世纪的中国女性，黄蓉有穆念慈有小龙女有郭襄有周芷若有赵敏也有，更有小昭和殷离。如果说这些全部归于金庸作品潜移默化的影响，显然是不对的，但我们不得不佩服金庸，他几乎写尽了中国女性千姿百态的性格。

现象

当今书评那点事：任晓、英娃、李昌鹏对话

每一本书都是可评的，书可以随时间而湮没，但书评却可以做到不朽。现在很多书评，蜻蜓点水。所谓的评，既不全面，更不深刻，这些书评对于读者没有帮助，更有的书评会对读者的阅读产生不良影响。我们不期望书评能在短期内成为支撑现代文化的梁柱，但希望我们的读者能够擦亮眼睛，图书出版者、作者、评者能够加强自律。如何写出读者需要的书评？现在的书评人还有哪些不足？我们的出版机构还需要做出哪些努力？面对这些问题，本报与一些业界人士展开了对话。

问题 1：书评旨在为读者找好书，为好书找读者，堪称是在作者、编者和读者之间架起一座"金桥"，但目前国内的书评时不时地面临批评，似乎还没有真正发挥这一作用，你认为目前的书评有哪些

问题？

任晓：目前我国的书评写作还很不规范，所谓的书评和读后感差不多，书评人水平参差不齐。甚至有些人连一本书通篇都读不完，又怎么能有所感想，有抒发情感的欲望？而且现在由于高水平的书评极少，很多媒体已经取消了书评这一版面，这不得不说是个遗憾，然而在遗憾之余又不得不庆幸，与其刊载一些质量低劣、有广告嫌疑、吹嘘无度的劣质文章，不如不登。

英娃：书评的宗旨是为读者寻觅好书，为好书寻觅读者，堪称在作者、编者和读者之间架起一座"金桥"。而事实上，我们的这座桥并没有发挥好它本身应具备的功能。

我从事儿童文学创作多年，因此比较关心童书评论。当前，发表在各大报刊的童书评论用铺天盖地来形容也不为过，它们更多时候以软广告的形式为新出版的童书做宣传和推介。而这些新书评论文大多是出版方以开作品研讨会的名义或直接请书评者来撰写的，通常需支付较高的稿酬。那么，评论者在写一本书评的时候，多半会努力挖掘该书的优点，对于不足和缺陷则避重就轻，轻描淡写地一笔带过。更有甚者还会说假话、空话来糊弄读者。

众所周知，今天，大多数书评家们都忙着应酬各种新书研讨会、发布会，忙着应酬各种学术会、交流会，还要忙着应付欠朋友的"人情债"等等。他们甚至没有时间自主读书，如何谈得上为读者寻觅好书？

因此，我们希望众多为儿童图书写评论的作者们，在为孩子们选书的时候，一定要堂堂正正地做一座好桥。要使孩子能够通过这座桥看到真正优秀的儿童文学作品，而真正优秀的作者也是通过这座桥走到孩子们心灵中去的。我想这座桥不同于其他的桥，它是一座纯真的梦想之桥……

李昌鹏：正是因为我们常怀着为读者找好书，为好书找读者，甚至是在作者、编者和读者之间架起一座"金桥"的良好愿望，所以，见诸报端的书评时常以表扬稿居多。一篇书评应该告诉读者这部书写的大致有什么，写得怎么样，这部书写这些、这样写有没有价值。

现在很多书评，介绍的部分多，分析的部分少，书评作者的叫好不够可靠。这类情形出现，一方面可能是这类书评的作者不具备判断和深入分析的能力，另一方面可能是这类书评的作者本身只是为了给所评的书在报刊上赚取吆喝。这样，时间一长，不少报刊的书评版面沦为书籍的广告平台，作为媒体的公信力丢失后，读者对这种广告是不怀好感的。

书评要有意思，书评作者要找准值得一说的书，或值得表扬，或值得一批。值得表扬和值得一批，应该是书评作者经过比较分析而得出来的一个结论。只要言之有理，评得精彩，无论表扬或批评都会给图书作者和读者以启迪。

问题 2：评论比较重要的书，需要评论者思想深刻、见解独到、语言精彩，能够让读者确立起对书评的信赖。您认为，书评家应具备怎样的素质？

任晓： 在一些国家，书评确实是能够左右一本书的畅销与否，但是在我国，目前还尚未出现这种情况。所谓书评，一定是评论或介绍书籍的文章，是以"书"为对象，要实事求是、有见解地分析书籍的形式和内容，探求创作的思想性、学术性、知识性和艺术性，从而在作者、读者和出版商之间构建信息交流的渠道。即绝不能带有吹牛的虚假成分和广告嫌疑，无论是一本好书或是一本坏书都要以诚实的态度来对待，要做到对读者负责。说到底还是由这个社会的道德观所决定。因此我认为书评人最基本的素质应该是诚实和公正，只有在品质上得到保证，才能做到客观地去看待一本书，客观地评论一本书。

英娃： 从目前来看，儿童文学圈内的众多评论者具备的文学素养是毋庸置疑的，然而，更多缺失的是评论行当的职业精神。身为评论者，首先要遵守的便是基本的职业精神，既然选择了研究和评论，就要本着公正、严谨的态度去面对接触的每一部作品，做出真实评价。但要做到这一点很难，特别是要抛开各种功利目的，将评论工作进行得更为纯粹就更难。我认为书评家们可以尝试拒绝参与商业化的评论，那么，书评的权威性自然就会得到认可。

李昌鹏： 要建立起书评的公信力，需要"思想深刻、见解独到、语言精彩"而且能秉笔直书的书评家，他们必须是不怕开罪出版社

现象

和图书作者的人。对于他们来说，客观评价的能力是有的，需要的
是公正无私，有口能言。

好的书评其实很多，大家现在都说书评目前还不成熟，我想主
要是因为职业书评家还没有出现。职业书评家无法回避他涉猎领域
中值得谈论的重要作品，而兼职的书评人今天写明天歇，也不对自
己的本职构成影响，书评人常常回避自己不便指责的作品。为什么
表扬稿多？这个作为一种原因恐怕不可不提。没有职业书评家，大
部分书评的作者没有觉得必须扮演"守望者"的角色。守望者很重
要，《旧约》中的守望者，职责是看见风险时吹号角发出警戒。

问题 3：国外的书评影响深远，与其书评来源有关。在对作者
的选择上，他们的条件可谓苛刻。很多书评的主要作者都来自专业
研究界。他们拥有一群签约评论家，即专栏书评作者，以此保证书
评作者的专业性与独立性。您认为国外的做法有哪些值得借鉴和学
习？

英娃：我非常欣赏国外这种更为纯粹、专业的评论领域的建设。
他们从源头上把握住了评论者的综合素质，不受图书商业化运作的
影响，专职或兼职从事书籍研究和评论，真可以称其为图书品质的
"质检员"。我认为我们国家也可以效仿这种建设纯粹的、更为专
业的评论领域的做法，在各大报刊开辟更为广泛的、固定的书评专
栏，以此建立业界书评的权威发布平台。

李昌鹏： 我们的书评之所以很少造就职业书评家，和书评的文体地位似乎也有关系，书评明明是评论，但又不被视为论文。目前的情况是，书评更像一种应用文体，成了为图书宣传的服务文体，这是很尴尬的一种文体。国外报刊挑选书评人的做法确实有可取之处，比如《纽约时报书评》的书评作者和所评图书的作者，不得师出同门，不得是师生关系，不得有笔墨官司等等，这样容易使书评获得读者的信赖。尽管他们签约的书评人并非职业书评家，而是来自不同的专业研究领域，但长期的专栏式写作，给书评人以职业化暗示，以致他们愿意守卫这块"阵地"。正是因为这样，厄普代克这样的伟大小说家，也曾长期写作书评。

问题 4： 除了对书评作者的高标准和严要求，您认为图书作者、出版社、媒体在推动书评走向成熟和权威方面还应做出哪些努力？

任晓： 我国很多出版社和出版公司经常会找一些媒体人自己写书评自己发，这虽是一种办法，但书评写作面太窄，出版方只看到书评是否能够发表而不顾及书评的质量。或者是很多出版社只约不发，造成人力的极大浪费。在这方面出版方应该本着对书和对书评人负责的态度进行约稿，媒体也要本着对出版方和书评人负责的态度，有来有回，至少对书评有所回应，一篇书评究竟能不能用，需要有个交代，绝不能就此石沉大海，这种现象在媒体中还是普遍现象。书评的客观公正需要各方面形成一种诚信负责的链条，相互制约，但是目前我们出版行业还没有这样一种机制的形成，因此书评的质量也难以得到保证。

英娃：首先，书评是为读者服务的。因此，我认为不论作者、出版方还是媒体，不要单纯为了图书的效益而去组织各种评论、访谈，以此拔高图书的品质，或者在公众中传播作者的名气，最终获得丰厚收益。这种做法不会长久，因为我们不能忽视了大、小读者这块"试金石"的作用……若想真正推动业界书评走向健康、成熟和权威，我想作者、出版人、媒体人这三方需要努力做到的是提高本身的思想境界和遵守职业精神。只有这样，我们才能够把握什么样的书更值得向公众大力推介和评论。

李昌鹏：职业书评家出现在中国已经很有可能。好的书评受欢迎，一篇好的书评甚至可以在几十家报刊铺天盖地发表，中国的报刊是何等需要好书评，由此可见一斑。在这种情形下，中国如果出现职业书评家我一点也不感到意外。职业书评家仅稿费收入这一项，便将极其可观。书评在中国的成熟，我预言会以职业书评家的出现为结果。书评的成熟和权威将随着书评家的崛起而到来，图书作者、出版社、媒体如果愿意为此做出努力，可能需要推动书评人的职业化，职业化一时做不到，至少可以朝专业化的方向推动。

60后

问题的召唤

这里我将谈到的"问题"，不仅是写作的对象，如：社会问题。因此，"问题的召唤"在本文中不仅指"社会问题对作家的召唤"——这是以前评论家们强调得比较多的。这里，要谈的不仅是"写什么"的问题，而且还有"怎么写"的问题。更具体地说，是因为笔者发现，薛忆沩的小说总是摆出一副不得不写的架势——而之所以这样，是因为问题的召唤。爱因斯坦就说过，提出问题比解决问题往往更重要。而发现问题，提出问题，分析、解决问题几乎是人的天性。

故事中不断地有问题需要解决，这成了不得不写的故事。这样的故事中，叙事的推动力是强劲的，来源于问题不得不解决。自然，这样的故事对读者也构成一种召唤，召唤读者参与。然而，薛忆沩又从来不让读者自由地进行二度创作，他总是强有力地引领读者，抵达对人物对事物认识的新高度。也就是说，他靠发现问题写作，靠说清问题而令读者感到讶异。薛忆沩是兼具高超表达技艺和思想深度的作家。

他的短篇小说《剧作家》中的叙事者"我"，更准确地说应该叫作"观察者"，"我"是诸多"问题"的发现者，"我"通过观察，或者在逻辑推理中捕获问题。问题发现后，"我"就试图对这些问题进行阐释，试图弄清问题。这是"我"不得不讲述故事的原因。因此，我们在读这篇小说的时候，会觉得这是一个不得不讲的故事。也因为如此，叙事者在小说中的存在合情合理，"我"的存在不仅是小说的内容，也是小说铺展开来的载体。

薛忆沩擅长在小说中进行人物对自身，以及人物对他人和故事本身展开内省式解读和阐释。内省式解读和阐释，在他的短篇小说中是一个特点。薛忆沩还追求内容与形式的融合。内容和形式融合，这是他短篇小说的另一个特点。除了《剧作家》中是这样，还例如，他2012年的短篇《你肯定听不懂的故事》中，叙事者"他"对"她"及早年的自己的解读准确精妙，胜过许多评论家，如："他"解读"她"所用的"柔弱的冷漠"；"他"对一只狗讲故事，这种形式，也是小说的内容，所谓"你肯定听不懂的故事"是一个不得不讲，但又不能讲给人听，而它（狗）却"肯定听不懂的故事"。

在薛忆沩的许多小说中，发现问题、解读阐释，几乎是小说的全部内容——我们惊讶地发现，他的小说一方面在以形象塑造的方式成立，同时也在以一种论文的思维，也就是逻辑的方式在展开。这样写，其结果是，要求薛忆沩小说的语言异常精准，形象性、感性和汉语的逻辑性实现神奇的汇合——同时作为一个语言学学者的薛忆沩曾说：汉语比较感性，逻辑性比较差。

现在，我们以《剧作家》为例来看：小说的开头，通过"我"的观察，发现了"他"不是在"练功"而是在"默祷"。"默祷"引出第一个问题，为什么默祷？而"每天上午十点二十分"这个准确的时间，在小说中也有着重要的意义。他在写下"每天"这个词后，后面跟着写"甚至下大雨和刮台风的日子，他都不会错过"。如果我们不把它想成这是在写作时进行的阐释和论证，那么，只能认为，这是语义的自我繁殖。

小说的第二段："邻居们都称他为'怪人'。而我觉得一个'怪'字并不足以概括他的'怪'。"紧接着，薛忆沩对"怪人"的称呼进行了修正，"我认为'特别'才是对他准确的概括"。这里面，明显是对汉语逻辑性的苛求，实际上没有特殊的含义，只能表明叙述者的态度和用语的准确。然而，如果不是这样，这篇小说无法成立，因为这篇小说之所以能够成立，就是因为叙事者"我"具有这种严密的逻辑思维能力。

小说第三段中，叙事者作为观察者再次被强化，"我"能根据"他"细腻的行为举止，判断出"他偶尔的露面也给人留下矛盾的印象"，在这句话后面用了冒号，像写论文一样，马上举证："一方面，他总是很主动又很友善地向邻居们点头致意，显得很随和；而另一方面，他却从不跟邻居们说话，也不会提供任何机会让邻居们能够跟他说上话，显得很孤傲"。在这种逻辑性极强而且极准确的表述中，我们感受到的是一个如同昆虫一样敏感的叙述者。也可以从中看出：薛忆沩是一个像警察对待犯罪嫌疑人一样，对待他作品中人物的小说家。小说家中，有一类是细节大师，他们从来不肯放过任何蛛丝马迹，他们精妙的技艺不叫雕虫小技，唯有雕虫时才更看得出"大技"。

在《剧作家》中，薛忆沩在不断找出人物的问题，是问题在召唤叙事者讲下去。如果说还有另一个问题在召唤薛忆沩写作，那就是语言问题，他在寻求汉语的逻辑性，他曾像写论文一样写小说。他曾将小说表达变成一种科学的表达或者称为阐释。我常常感到，薛忆沩是在用小说写评论，但他写的又确实是小说而不是评论。这只能说明，他每次写一篇小说，都是把要写的问题想得十分通透。除此之外，他还把人物的情感把握得很准确，写得富有弹性。他小说中的主人公，总是很纠结，这纠结来自人性，来自存在的困境，来自两难，来自人世间隐藏的秘密。

薛忆沩的短篇小说《父亲》是一篇意味深长的小说，作品中的词语严守自己的概念，把它们所携带的逻辑和情感，通过语义的形式"繁殖"了一番。它们紧致而精密地交织在一起，告诉我们父亲如何成为父亲，还告诉我们当父亲不再是父亲时会发生的事情。小说情节则借助父子对话的形式，跨越式前进。薛忆沩的小说，作为语言艺术的特征很明显。

"父亲"这个称谓，是家庭伦理范畴的，而父亲和母亲这两个人，又都是社会概念中的普通一员。这篇小说矛盾生成的起点，也就是故事的核心，在片刻之间形成——家庭责任和社会责任无法达成一致的时刻。特定的时刻，一对男女的取舍成为两难——妻子不愿意让丈夫下水救溺水者——因为她知道自己老家那个水库的凶险，不愿意丈夫下水犯险。这个时刻作为丈夫和作为社会一员的同一个人，就面临着分裂。应该说，小说中的丈夫和妻子，都面临着社会身份和家庭身份的分歧。他们俩先后都背离了自己社会伦理中的身份，选择了家庭伦理中的身份。

于是，他成了"我们"的父亲——如果他救人时死亡，或者未下水却在回家之后和妻子离婚，这就不可能有"我们"。这样，小说也就不可能以"父亲"为题。当父亲不再是父亲，而是作为一个最终没有下水救人的男人，所发生的事情便是：他在之后的几十年变得"本分""沉默"。由此，不难体会他饱受良心的谴责。

当"我们"的母亲离世，"我们"的父亲作为丈夫的身份实质上就消除了，而社会的人的身份不变，一个妻子的死亡让这一点突出，所以，他在"我们"母亲的葬礼上，最终未能忍住为自己及几位死者一哭。因受缚于情爱和婚姻，妻子的几句话就阻止了要去犯险救人的丈夫。对于婚姻和爱情，薛忆沩没有拿"美好"来包裹粉饰，而是冷静地在极端情境中展示它们与人的社会身份的抵牾——这是作家对隐秘现实的洞见和揭示。

"父亲"有难言的无奈，正是因为他是一位父亲。人性的复杂性、身份的多重性，在这篇小说中被演绎得生动细致。父亲的讲述中"我觉得，你的母亲走在我前面本身就是一种报应"这样的语句，看起来是父亲批评母亲当年对他的阻止，而死亡的到来其实也是她真正的解脱，遭到报应的何尝不是丧妻的他？解读薛忆沩的小说是非常困难的事情：他的小说语言的形象性、概括性非常强，语义的丰富性，所携带的情感的丰富性令人吃惊，语句的准确和丰富的歧义同在。

神奇的转化

晓苏的短篇小说《酒疯子》是由陈旧的故事转化而来的。一个村长和村民的老婆的故事，被晓苏化腐朽为神奇。他没有直接写村长，而是转化为写这个村民，通过这个好酒的村民袁作义和杂货店卖酒的老板"我"之间的交流来展开。切入角度变化，把一个旧题材引向了新的观察角度，构成新的故事主体。作品用的是现在进行时态，故事的发生和叙事开始的时间是一致的。写作用的是遮蔽视角，随着人物之间交流的展开，叙事者"我"，逐渐看清所面对的人和事。读者是和"我"同步领悟小说中的人物以及人物之间的关系，进而体会到人物的情感和心理，获悉隐秘的真相。

作者扒开袁作义的潜意识，通过写他醉酒，写他酒后看似可笑的狂想和疯话。在他潜意识的世界，县长等领导是肾亏的，通过送狗鞭给县长补肾他能找到靠山，有了靠山就去捞钱，捞到钱后他最想做的是找女人——睡村长黄仁漂亮的女儿。酒后，他觉得自己是"代理村长"。作为旁观者，清醒者的"我"，没有拆穿他的自欺欺人。那时，"我"还不知道，实际上是：村长黄仁睡了他老婆，但他当了村长一样是想去睡女人。小说耐人寻味，他最希望的不是打破这套秩序，而是成为村长那种人。成了那种人，他就荣耀。原本他可能是村长的受害者，从小说中似乎能读出他的痛苦，这令人同情，但看清他的潜意识，发现他同样无耻而可恨。因此，假设袁作义恨黄仁，也是由羡慕、嫉妒所引发的恨。有了羡慕和嫉妒，小说在可能的一对受害者和施害者之间，便完成了一次神奇的转化，消弭"受害方"的沉痛，酿出引人深思的喜剧。这就是鲁迅深刻指出的喜剧的内涵："把人生无价值的东西撕破给人看。"

这篇小说只对一个人物的潜意识和状态展开书写，但同时写出了两个人物的心理和本质。小说直到结尾方出场的村长，并未因着墨少而显干瘪。袁作义酒后吐露自己"代理村长"后的所想欲做，就是与现任村长黄仁经历、行为和心理的某种对位。当黄仁出现在小说结尾部分的时候，"我"豁然开朗，村长的秘密悉数破解。我们可以把袁作义的酒后醉话，大致当作黄仁内心的独白和自述。当我们意识到这一点的时候，原本觉得可笑的一切，就变得颇为恶心。"酒疯子"的话，披着滑稽的外衣，但对黄仁而言，有着本质的真实。村民袁作义怎么可能获悉那些荒诞的细节，讲得如数家珍？他酒后说出的一切，极可能来自和村长相好的袁作义的妻子。但我们也可以说，村长黄仁的荒诞行为，也是类似"酒疯子"的荒谬行为，

60后

那是欲望和权力导致的迷醉。这篇小说中，村长黄仁和村民袁作义，本质上都是醉了的"疯子"。这是又一次神奇的转化，一举多得的书写，为两个人物形象的塑造节约了笔墨。

然而，当我读到最后几段的时候，我甚至怀疑袁作义是否还有资格作为受害者存在。小说的结尾又完成了一次神奇的转化，打破了我对这篇小说最初的认识。晓苏写道：袁作义的媳妇子连忙对黄仁解释说，当时一听到你的摩托车响，我就让他出去溜达溜达。可他说，出去溜达可以，但必须给他点儿钱。这个没出息的东西，总是在这种时候找我要钱。我本来只想给他十块的，可身上没零的，就给了他二十，哪想到这个酒疯子又跑去喝酒了，还骑走了你的摩托车。袁作义是一个在妻子和村长通奸时，根本没有血性把村长怎么样，而只会趁机开口向妻子勒索的"酒疯子"。他近乎没有人情味，如同猪狗。

这么一个妻子口中"没有出息的东西"，这么一个"我"心中"见了酒比见了自己的亲妈还亲"的酒疯子，或许我们高估了他，因为他自己也说："喝了像当神仙。"这样看来，随便是任何一个稍有血气的男人，也比袁作义强百倍。他的妻子最初或许是一个受害者，但现在肯定不是。他们的羞耻之心，几乎消磨殆尽。

袁作义这个人物，初读让人感到可怜和同情，随后让人感到荒诞和不齿。最后，不是袁作义一个人，而是一群人，他们令人感到丑陋。虽然小说语言生动，人物的行为令人捧腹大笑，但笑过后让人五内翻江倒海。晓苏这篇小说，对人物塑造采取的不是先抑后扬的拔高，而是一抑再抑，写向丑陋的深渊。我曾低估了他这篇小说的价值，我没有想到晓苏会写得如此深刻和冷酷，在喜剧中融入这么沉痛的内容。如此触目惊心的丑陋，一定能警示人们，唤起对美好事物的追求。

持续地撞击

读毕飞宇的短篇小说《大雨如注》让我想起了契诃夫的短篇小说《渴睡》。《大雨如注》中的姚子涵最终生病，只会讲英语，这不是一种人物的主观选择。《渴睡》中的小保姆瓦尔卡是个13岁的姑娘，她最终掐死了摇篮中的孩子，这也不是她依靠理智做出的选择。契诃夫比毕飞宇更直接、更简约，瓦尔卡不得不睡觉，生理到达极限后发生的一切已没有悬念。毕飞宇借助一场大雨，让姚子涵生病，最后这女孩满口英语。这两篇小说，不设置悬念，直奔结局，但结局令人意外，余音绕梁三日，回头细想合情合理。

比较这两篇小说，契诃夫的《渴睡》中还有贯穿其内的冲突，毕飞宇的《大雨如注》则在淡化冲突。这点《大雨如注》比《渴睡》高明，毕飞宇行文更低能耗。瓦尔卡要睡觉，可是那个孩子让她睡不成觉；姚子涵对各种学习根本没有抗拒之心，而是苦在心里，乐在外在的赞赏和成就感中。《大雨如注》中的姚子涵和她的父亲，同心共志，没有矛盾，可最后芝麻捡到了，西瓜丢了，她不会母语了——这篇小说的冲突在最后才显现。契诃夫和毕飞宇潜入人的下意识，写到了人本身无法自知自明的那些奥秘与困惑。前者是反抗，后者是极端顺服。毕飞宇这篇小说笔法直接、简约，却把人物写到了这样一个层面，叫人佩服。

《大雨如注》发表以来，触动大多数读者的是它所涉及的教育问题，压力使孩子异化，这自然是小说的应有之意。但假设在一场大雨后，姚子涵没有生病，也从此只会说一口标准的英语，她的父亲应不应感到高兴？《大雨如注》又让我想起了帕慕克的小说《白色城堡》。《白色城堡》讲的是两个人对调身份的故事，小说中的两个人来自不同的国家但长相一样，在获悉对方的故事和想法后，最终即可代替另一个人生活。消灭差异的结果等于是也消灭了人。如果一个生长在中国的孩子突然失去了母语，只会讲英语，这个人是否算"生病"抑或说"消失"了？恐怕没有比这更严重的问题。由此，我们可以明白，引发姚子涵"脑炎"的，那是一场可有可无的形而下的"大雨"。

这篇小说选择"大雨如注"作为题目，绝不仅仅因为这场形而下的大雨是诱发"脑炎"的原因。抽象地看待，这场大雨指的是文化输入。在文化博弈中，文化相互渗透，你认为的强势文化会在你的身上获胜。"不同的嘴说不同的话，不同的手必然拿不同的钱。舌头是软玩意儿，却是硬实力。"这篇小说一开始就在为这一主题做铺垫。棋琴书画这些是传统国货；搞奥数和编程，这些考验智力；

最后小说的言说旨归是要落在学英语上面，小说布局是极有计划性的，毕飞宇在建立参照系和坐标。"米歇尔陪姚子涵说英语，大姚付了钱的。现在倒好，姚子涵陪米歇尔说汉语，不只是免费，还要贴出去一顿饺子。这是什么事？"大姚很沉痛，对姚子涵说："弱国无外交——为什么吃亏的总是我们？"什么叫"大雨如注"？大姚的话已经说得很明白了。

显然，这是一篇文风幽默但反思深沉的小说。对教育的反思是，一方面家长对孩子的期待和栽培使孩子饱受压力，应予以批判；另一方面中国的淘汰式教育又使那些压力中长成的"精英"获得肯定，孩子们不得不承认家长施加压力是对的。对文化输出、输入的反思是，有的外国人心仪中国文化甚至来到了中国，有的中国人学习英语恨不得丢掉汉语。在全球化日益明显的今天，不和国际接轨，不敞开胸怀学习不行；但为保持差异、确立独特存在，也不能就此故步自封。小说中看起来有些喜剧化的"脑炎"如果由"大雨"引发，那就是"需要急救，需要输血"的危亡之时已然抵临。

这是一篇笔法简约、结构简单的小说，如同李小龙的截拳道，极具效力。虽然小说涉及的文化输入问题较少有人写到，但终归是写什么的问题。在怎么写的问题上，这篇小说吸引人的地方，恐怕不得不提及语言。毕飞宇这篇小说的语言带着鲜活的生活气息，深植在当下语境，作为语言艺术的小说，在毕飞宇手中得到了一次弘扬。

向现实与历史投注思考

刘继明中篇小说《生死扣》(《清明》2011年第4期)中的男女主人翁扣子和常小娥，是路遥长篇小说《平凡的世界》中孙少平和田晓霞的对应人物。小说通过常小娥未婚夫的话语叩问读者："田晓霞是谁？是常小娥，对吧？"在《生死扣》之前，笔者注意到刘继明写的《放声歌唱》《我们夫妇之间》《王贵与李香香》等小说，觉得这些作品并非旧瓶装新酒的戏作，他作品中的人物和原作中的或内容或人物或情境，发生巨大偏移，显得别有深意和张力，令人不敢低估了它们贴近现实的参照意义、比对历史文本的反思价值。

《生死扣》中省城郊区的农村青年扣子和一个家住隔壁但其父亲在城里上班的女孩常小娥青梅竹马，彼此爱慕。做学生的时候扣子成绩一直位居榜首，直到家中变故，高中辍学回家，从此与常小娥走向人生异途。常小娥的父亲后来调进了省城，常小娥也成了城里的大学生，她很快和一个上士谈了恋爱；扣子过早承担起家庭重负，成了郊区菜农，但自强不息读省城电大的法律专业，他在省城目睹常小娥和上士成双成对，跟踪而至，迎接他的是上士鄙夷的目光。郊区面临拆迁，学法律的扣子遇见了"强拆"的转业上士，菜农面临失去土地，但扣子无法阻止，此时转业上士与常小娥婚礼在即，转业上士到扣子家进行"强拆"，看见常小娥送扣子的《平凡的世界》，扉页上写着："亲爱的扣子：希望你能够像孙少平那样，从逆境中奋起，做一个真正的男人！你的田晓霞。""田晓霞是谁？是常小娥，对吧？"转业上士这么一问，一本《平凡的世界》便使二人更是较上劲，纠纷中扣子用挖菜的小铁铲杀死了转业上士。

现实世界中这种并不孤立存在的事件，能够在社会新闻中找到案例原型，事件本质的矛盾不是个人恩怨，而是当下社会一组日益显形的矛盾。如果孙少平来到扣子的年代，替代扣子生活，他也可能"做个真正的男人"，是个杀人犯。刘继明是一个思想型作家，写过不少深刻如《我们怎样叙述底层》的文论，但小说便是小说，他的小说人物扣子的行为是通过情感的方式来推动，最终至极限，而不是依靠对本质的把握，将人物行为的发源抽象化。作为思想型作家，他对所写的这篇小说应该早有思想准备。从他 2009 年，给"湖北省作协农民作家培训班"的演讲《农村题材与农村问题》中，不难窥见小说《生死扣》的些许孕相。当年他说："中国农村现在面临一个新的拐点，即土地流转制度推行以后，将使中国农村的发展变得更加复杂。这种变化是否能为广大农民带来福利或者灾难，现在下结论还为时过早。""如果农民没有了土地，没有了出路，一个个争相逃离，那么农村肯定会出大问题，这个社会也肯定会出大问题。"这篇小说可能在他内心孕育已久，标题如果依照他以往的风格，完全可以就叫《平凡的世界》，尽管这不仅仅是一个由一本《平凡的世界》引发的血案。

路遥的《平凡的世界》出版于二十多年前，作品给人以穿越平庸的深度激励，肯定了孙少平等人走向平凡中伟大的选择。当年的读者（甚至还有部分作家），觉得爱情一生中只有一次，不少读者为孙少平和田晓霞未能最终在一起而感到特别遗憾。《生死扣》中扣子和常小娥爱情的结局也没有逃脱如是结局，读者惋惜但不致觉得特别遗憾。刘继明维持路遥小说的"爱情原判"，这是在坚持传达残酷的现实之一种，有爱的两个人也是可能会分开的，现在人们能体察得到，爱情一生中可能不只有一次，常小娥可以爱上士。虽然这对扣子来说显得残酷，但刘继明正是这样写的，这点于当下社会而言，显然比路遥的写法更合乎实际。社会现状决定受众的主体意识发生了时代性的变化，刘继明小说突出的是"血案"的社会矛盾，作品便没有将"血案"指向单纯的个人情仇。《平凡的世界》中我们更多的是读出感动和激励，《生死扣》则突出了作家向现实与历史投注的思考。

小说家的艺术操守和实力

　　短篇小说在国内目前被作家和读者重视不够，原因大致有四：一是稿费低的现状致使大量的短篇拉长成了我们看见的中篇甚至长篇；二是好短篇艺术性往往强，这往往又不在大众的阅读兴奋点上；三是小说的艺术革新往往从短篇小说开始，"五四"便是如此，但现在具有艺术革新精神并付诸实践的作家比较少，何况"五四"作家的读者也多是青年学生，20世纪40年代开始不断强调文学为工农兵服务，强调群众喜闻乐见，以至于现在群众一读不懂，就会认为是文学出了问题，是作家的创作出了问题；四是人们往往觉得短篇奖不如中篇奖和长篇奖重要，而且觉得写个把好短篇具有很强的偶然性。

　　言归正传，谈谈迟子建的短篇小说《他们的指甲》。如果概括其故事梗概，它平常且简单。不过是写一个误会以及一个本地寡妇和一个外来打工者之间的爱慕。小说所写的故事，没有任何传奇色彩，没有任何爆料的成分，不靠情节猎奇取胜。但如果概括这篇小说给人留下的印象，却需要动用美和丰饶这样的词汇：人物美、人情美、心灵美、风物美，迟子建的这篇小说归根结底一个字——美；情感的丰饶，人生的丰饶，社会的丰饶，一句话——迟子建这篇小说丰饶。好的短篇小说，时常具有诗的意义，读后让人感到意蕴无穷，即人所言"诗无达诂"，迟子建这篇小说便是如此。

这是展示迟子建作为优秀小说家艺术操守和实力的作品。艺术操守表现为：不为写长而写长，不为吸引看客而猎奇。更不将平常的故事，有意弄得神神道道。前者是老生常谈，后者要靠实力做后盾。写作实力表现为：能将可编得更新奇的情节保持在本色之内，却写出情节之外的内涵。太阳底下无新事，求故事之新难矣，而致力于将细节心灵化，实现描述的洞穿性效果则靠写作实力。谁能重新让平凡的生活再次激起我们的回味，他就成功了。可以想见，看起来略显平铺直叙的作品，还要让人叫好，难度不是一般的高。迟子建《他们的指甲》这样的小说，具有不可复制性，但可供借鉴、仰望。

平常故事如何成为美的小说，简单的故事如何成为丰饶的小说？首先，按照汪曾祺的说法"写小说就是写语言"，文学是语言的艺术，这可能是一句被许多人忘了的老话，迟子建这篇小说语言是具有诗美的，进行语言品味的空间颇大。其次，按照沈从文的说法"要贴到人物写"，故事不论繁简，环境描写也好，写主人翁如雪所养的狗也罢，细节情节，经得住分析，都需要为人物服务，透露人物的境遇和心情。小说的主要任务是为了塑造人物形象，探察人性和心灵，能做到简（情节的简）以生繁（人情人性的繁）的，多是高手。

最后还想说，这篇小说将人物从他们所在的时代拿进小说中，必须是有意义的个人，同时也是时代的这一个。在这篇小说中，迟子建也做到了这一点。但并不是所有的"个人"都是"时代的"，所有的"民族的"都是"世界的"。如果个人的就是时代的，民族的就是世界的，那还要文学大师来干什么？实现"个人的同时也是时代的"，实现"民族的同时也是世界的"，需要作家挖到普遍的人性，拿准时代的精神脉搏。小说中的男女主人公身上，携带着很多隐隐约约的故事，他们个人史中的小秘密以及隐痛，均是时代特产。两个善良、历经沧桑的人，在变化的时代中是不幸命运必然的接受者和弱势的反抗者，这一次他们相互主动选择了对方，小说就是从这里切入的。也就是说，小说的真正内容才只是有了一个开始，所谓"结尾"在此是"省略"的代名词。

迟子建这个短篇小说中透露出一种大师之作的气象，她敢于省略，省略的比写下的不知要多出多少倍。她所处的状态，是不拘一格随心所欲的小说书写状态。小说主体书写部分，并不为后几节的出现做铺垫，但又确实是某种铺垫。所谓的"宕开一笔"，不是必然，是必然中的偶然。当如雪开始回忆她经历的几个男人，我们就知道了她每一次可能都是像这一次一样，合理地走向一个男人和自己的忧伤。不同的指甲留下的况味，对于她是绝对个体的体验，它们是他们身体的一部分，就像小说所述的故事，只是如雪作为感受者的时代和世界的一部分。小说所能写的，在叙事法则和小说叙事的规范中，能有多少内容？其实也只能是生活很小的一个局部。

久负盛名的小说家迟子建，她需要的是好作品，如何让一部作品在最小的篇幅保有最大的容量和艺术价值，这和长短无关，只跟作家的实力、操守有关。如果论稿费，怎么写，写多长，就算写得不好，她也能拿到稿费，她太出名了。但回头想，名家是怎么炼成的？就因他们对艺术操守的秉持，他们写出来的作品较少折损自己的高水准。

我们的盲区

在多数人写人生和世界的时候，艾伟的这篇小说《整个宇宙在和我说话》更关注命运和宇宙。

我们感受到的世界，通常是建立在公共经验基础上的世界，是褊狭的世界，脱离经验的区域即为盲区。我们相互可以谈论人生，那是因为我们对"人生"拥有许多共同的体验——所谓"人生"，指的是"人的生存和生活"（见《现代汉语词典》），在谈论"人生"的时候，往往可以获得共鸣。共鸣的发生，是因为两种介质频率相同。建立在公共经验基础上的交流，避免了信息传递和接收的不对等，避免了"风马牛不相及"的产生。

然而，我们无法排除一种可能：在我们拥有共同经验的区域之外，还有着更大的空间。当我们处在公共经验之外，若如实说出自己看到的一切，他人则觉得是无稽之谈——这一切是因为交流者之间的经验不对等，接受者无法理解传播方发布过来的信息以及传播方。

对于"人生"和"世界"，我们也难保证，在谈论它们的时候，我们所说的是同一回事——因为人与人，有着体验的差别，有着对待"人生"和"世界"的不同态度。有鉴于此，那就不难想象，在"世界"之外，面对更为浩瀚的宇宙时，人与人存在多么大的认知差异。

艾伟显然看到了这一点，看到了人的渺小和局限，他看到了人对人尽管心怀善意却依旧是进行着伤害，看到了命运的奇妙、宇宙的宏阔……归根结底，是因为他看到了我们的"人生"，我们的"世界"存在巨大的盲区。艾伟以天眼看待宇宙，看待苍生，使这篇短短 7000 多字的小说，"以一种正确的星辰排列"（博尔赫斯《在一封致伯纳德·巴尔顿的信中》）。

在艾伟这篇小说中写道：少年喻军被人弄瞎后，没有出现我们想象中的情绪和反应：他不去怨恨也不想报复。失明后，他不仅能"看见"世界，更是能和宇宙说话。这无法被他的同学乃至母亲理解，因为这脱离了公共经验。人们也无法真正进入这位盲人的世界，而他所说的那些话，是否为失明后神经错乱的征兆，这也是无法在"公共经验的世界"得到验证的。然而，他被武断的人们，以爱的名义送往精神病院，因为他的世界和人们的世界不一样。

我们应该允许一些人的世界和我们的不一样，他们并不会伤害到我们。被公共经验统辖的世界，只会让我们的盲区越来越大。因为所谓的公共经验，就是人们经验的交集，交集必然就只是很小的一个区域。以开放的心态，允许我们眼中的"异端"存在，以宽容的态度对待个体的"命运",而不是简单到以爱的名义,剥夺他人的独特世界,规划他人的人生。

唯有开放、宽容地对待他人,尊重神秘的命运,多以天眼看待宇宙,我们的盲区才会越来越少,我们公共经验的区域也才会越来越大。否则,当我们成为小说中的喻军,遭遇不免堪忧;当我们成为小说中的"母亲",难免在爱的名义下行伤害之实;当我们成为小说中的"我",依旧会困惑重重。

艾伟在这篇小说中,描述了我们所处的当下社会人们普遍的精神面貌。小说中的喻军没有怨恨弄瞎他的人,也不想报复弄瞎他的人,人们没有因此而敬重他。"我听说他性情变得十分古怪,他每天把自己关在黑屋子里,还养了一条蛇,和蛇生活在一起。有人说,养蛇是为了报复李小强。"人们可以把没有影子的事情,想象得栩栩如生,对一个人的精神面貌进行矮化和污化。而这,无疑是在镜像般地呈现人们普遍的精神面貌——尤其是那些猜测者的精神面貌。

人们不可能理解喻军,这个能用听觉"看"世界,能够和宇宙说话的人,他已然从"公共经验的世界"超脱出来。人们在一种狭小的精神空间内,自然无法理解喻军的开阔。这样一来,这个声称"整个宇宙在和我说话"的人,就成了可疑的精神病人——人们认为,这是脑袋坏了,这比眼睛瞎了更为可怕。可是,又有多少人明白,我们不过是睁着眼睛的瞎子,我们只不过是不知道自己的盲区在哪里。

想生活在谎言中的人

　　曹军庆小说《有房子的女人》中的谢静怡，25 岁，是一个在都市繁华地段有房子的女人。这个独身女人的财富是怎么得来的？谢静怡自称是贪官陈局赠送的。她有一个 3 岁的儿子叫窗子，她自称是她和陈局生的儿子。陈局是这个城市里"著名"的贪官，被"双规"，已死亡。谢静怡自称，说出这一切，是因为父母逼她找个男人过正常婚姻生活。男主人公付海全和谢静怡经人介绍认识，令人想不到的是，谢静怡的自述并没有吓退付海全，这个一直处在失业状态的男人决定娶谢静怡同时住进这套房子。他表示，对谢静怡的这一切都能够接受，并且表达了对陈局的敬意。正当两个人越说越投机的时候，警察涌入屋内，带走了谢静怡的儿子窗子，她的儿子窗子并非她所生，而是几个月前她从人贩子手上买的。谢静怡的财富到底是怎么来的？她是不是陈局的二奶？她为什么买这个儿子？

当谎言被确定为谎言时，小说结束，一系列问题像蒲公英遇见风一样，飞起来。

谢静怡自称财富是通过做二奶得来的，但这是她的谎言——谎言肯定是为了降低男方对她的好感。明白这一点后，到底她财富怎么得来已不必追问，一个为解释财富来源而说谎的女性形象已经在心中定格。让人感到震惊的是，谢静怡一定认为，通过做二奶得来财富，有可能被未来的丈夫接受。小说反映的正是这样一种可能的现实。如果不是这样，她没有必要采用这套谎言。付海全在决定对谢静怡展开攻势之前，已经做足了功课，他知道谢静怡的话大部分是谎话，但他没有拆穿这些谎言中的任何一个。谎言是最后的遮羞布，挑开谎言，他们自己恐怕也无法面对自己，更别说面对对方，所以，他们只能心知肚明。付海全希望娶谢静怡，主要目的当然是占有谢静怡的财产。他为了财富，接受一个问题女性成为妻子的限度，已经远远超过了谢静怡想象中的限度。为了得到财富，付海全可以接受谎言，可以不问财富的来路。如果说付海全还有底线的话，底线就是：谎言不能被说破，最后的遮羞布不能挑开。如果说谢静怡说谎，从中还可以看出她仅存的那一丝羞耻之心——为了掩盖财富的来历。那么，付海全则几乎没有羞耻之心。面对财富的时候，人们所表现出来的，是一个比一个无耻；他们的人生是，一个比一个可悲。作家林那北在微博上评价这篇小说："作者以一个偏僻的角度开掘出一种独特的世象。"这个观点我极为认同。

或许从其他方面我们可以推测出谢静怡的一些现状。谢静怡之所以购买儿子，出于她已经无法生育。她在和付海全的交流中，已经隐约透露出了这一点。谢静怡生育功能的丧失是否和财富的获取有必然联系？我们不得而知。一个25岁的女性，在短短几年内拥有了巨大的财富，她得到财富的过程中一定失去了很多东西。等到她完成财富的积累，成为一个"有房子的女人"，她发现有房子不等于有家。这时，要开始追求真正健康的家庭和幸福，她不得不购买孩子，编造一个个谎言，以期望找到能接受她的男人，这是十分心酸的现实。她只能希望谎言永远不要被戳穿，她渴望永远生活在谎言的保护之中。付海全何尝不是这样？他从不错的大学毕业，毕业后即刻失业，他也曾做过多种工作，但一事无成，而且长期处在失业、应聘的状态。生活的挤压使他的价值观变形。为了过上所谓的"新生活"，他以应聘者的状态对谢静怡展开攻关、谈判，以找工作的态度对谢静怡展开追求，毫不避讳自己是冲着谢静怡的房子而来。和谢静怡结婚，成了改变他生活现状、积聚财富的一个机会。从中我们不难读出付海全的悲凉，如果不是出于无奈，谁又愿意像他一样做出如此抉择？如果一个社会的财富观和价值观没有出问题，付全海又怎么可能如此坦然？当窗子被警察带走的时候，谢静怡哭了，她想守住的谎言守不住了；付海全怒了，他想得到的财富得不到了。他们俩，是渴望生活在同一个谎言中的人。

作家曹军庆的小说《有房子的女人》，叙事不是为了解决小说最初抛出的悬念，情节推演引出了更多的疑问，同时，实现对人物形象的塑造。小说塑造了一个依靠蒙骗自己，同时也蒙骗别人的女性形象；塑造了一个把相亲当面试，把婚姻当上班的男性的形象。小说中的都市男女类似身患臆想症，道德和财富观的扭曲通过结尾

60后

处谎言的戳穿来点明。这是一篇批判现实，表现人在多重压力下变异的小说佳作。作品整体思路和布局与英国小说家萨基的《敞开着的窗户》有类似之处，小说中的孩子起名"窗子"，可能是对萨基那篇杰作致敬。

《河岸》的起点和落脚点

厘清认识是起点，补写民族史是落脚点。

如果你认真回忆一下，便会发现，苏童的小说中历来没有英雄形象。《河岸》这部小说也是这样。英雄，在我们的民族，历来是被曲解的对象——无上的地位、无瑕的人生，难以担当的担当被民众强加。或许正是基于这一点，让我有理由相信，《河岸》延续了苏童深思熟虑或无意间形成的一贯作风，从《我的帝王生涯》中的帝王，到《碧奴》中原本神话传说般的人物，没有被塑造成英雄，他塑造的只是人罢了。其实我们更需要"人"，我们必须对"英雄"进行祛魅，在《河岸》中苏童便对邓少香烈士进行了祛魅处理，这是苏童具有清醒认识的一个明证。我们的文化、政治传统中有很多英雄的形象，他们带有神话的色彩，传统文化的积淀和对英雄的经验，常常令人把英雄上升到神的角色：比如夸父，比如帝王的天子论——以此给英雄人物附着无限的能量。在民族发展的进程中，一些领袖和英雄常常被民众赋予神格。对于历史，特别是大多数人尚没有达成共识的"文革"，下笔意味着蹚浑水或者厘清大众认识，这对于苏童而言倾向于后者。无论《河岸》成败，提笔写作时面临的都不仅仅是叙事层面的冒险，更多的是认识层面的——民众将能否接纳。这是《河岸》的起点之一。

在拙文《河与岸：苏童划分两重天》中，笔者提到苏童《河岸》是以个体意识、个体担当看待历史。这是苏童在用21世纪的眼光，用历史的眼光书写"文革"，这是当代性的表述方向，《河岸》由此触及"文革"事件的核心——个体意识的丧失。不少类似题材的作品也触及本民族这段历史的核心，但它们没有把"文革"作为本民族的命运来看待，而是看作部分人曾经的过失，用以佐证、批评，进行反思。批评和反思，无疑也能表达对自己民族的爱，显得清醒和理智，然而，更为重要的是，须臾不可忘记，我们是本民族的一员，将来历史构成中无可替代的独一无二的个体。没有哪一个个人可以推动或阻止历史的进程，历史是民众自己创造的，我们的民族史需要的是一个心态健康的书写者，不歌颂、不回避、不鞭挞，而是还原——还原处在历史事件下的活生生的人和历史的面貌。遗憾的是，纵观当代文学的长篇小说，你几乎找不到这样的作品。从《河岸》的这一落脚点来看，《河岸》是比《芙蓉镇》等诸多作品更有意义、表达更完美的作品。

人伦关系是起点，文化、政治的承继关系是落脚点。

《河岸》是以人伦关系作为起点之一的。小说写到母与子、父与子、夫与妻，以及其他的诸多社会关系以及社会关系的变化。在诸多社会关系中选择人伦关系作为小说的起点和重点，与政治的承继关系构成暗合，并最终落实在了政治的承继关系上。小说在母与子的关系中展开，但小说的整个上半部分，都是在书写人伦关系的毁损。父亲与烈士邓少香的母子关系存在诸多令人生疑的地方。库文轩是邓少香的儿子？确实值得怀疑。确认库文轩，是以旁人对屁股上的胎记作为依据的，而孤儿院有胎记的少年不在少数，库文轩屁股上的胎记更近似鱼形，孤儿院判断他是烈士的儿子，这指认变得可疑。所以，与其说苏童是在构建这一母子关系，不如说是在使大家多生出几分疑虑。夫妻关系随着调查组宣布调查结果也随之毁坏，这使得夫妻关系也让人产生怀疑。库东亮肯定是他母亲的孩子，但随后母亲也不愿意把他当成自己的孩子，母子关系随之损毁。唯一没有被损毁的，是库文轩与库东亮的父子关系，也正是因为父子关系没有损毁，《河岸》才有了一个客观的、值得信赖的叙事起点。"一切都与我父亲有关"，暗示了小说的起点，将"我"划进故事的同时，也将"我"划到了旁观者的席位。叙述者"我"（库东亮）和历史保持了亲切的距离，五味杂陈，但毫无怨尤。

　　邓少香烈士的纪念碑和雕塑，具有符号性。小说不是为了写邓少香与库文轩的母子关系，而是为了表达一种文化、政治上的承继关系。邓少香是我们文化、政治传统中的英雄（神）符号。与其说库文轩是她的儿子，不如说，所有的人都是这一文化、政治传统的儿子和信奉者。正是因为库文轩一代直接承继的是上一代的文化、政治体认，所以，把库文轩逼向河流，是其时大众的集体意志——这其中自然也包括库文轩自己的意志。库东亮和库文轩的父子关系是没有遭到毁损的，库东亮的父亲已经不再是一个英雄的形象，用今天的眼光看，父亲的形象愚昧而悲惨。也正是因为这种父子关系没有被损毁，使得库东亮摆脱对英雄（神）所指向的纪念碑——邓少香的精神力量辖制，因为眼前的父亲即是活生生的一个悲剧人物。库文轩一代人，从人伦关系继而从政治的承继关系中获得过荣光，而库东亮从父亲那里承继的是流放者的命运。这样，库东亮一代重新思考体认人伦、文化、政治关系有了可能。个体意识在新情势的威逼、强迫下，在库东亮的成长中扎下根。在这段民族史中，大众的觉醒，新人、新意识的出现以残酷的、惨痛的一代人的牺牲为代价。

成长是起点，寻找是落脚点。

如苏童接受记者采访所言，倘若读者不能记住少年库东亮的形象，《河岸》就是失败的。苏童在《河岸》中对库东亮倾注了大量笔墨，他不仅仅是小说的叙述者，更是作品真正意义的体现者。而这，体现在成长这个起点上。小说写库东亮的成长，贯穿于小说上下两个部分，尤其下部分库东亮、慧仙是小说塑造的重点人物。库东亮的成长可以与库文轩构成对比。库东亮承继父亲的政治身份，被流放；库文轩承继邓少香的身份获得过荣光。库东亮与文艺红人慧仙是暗恋者与被暗恋者的关系；库文轩与当时的文艺红人库东亮的妈妈最后是夫妻关系。在文本意义上，这绝对不是巧合。人伦关系本身是这部小说的起点，而这两组人伦关系更是两代人命运的注解。此外，两个女性也存在可比性。慧仙因为扮演李铁梅而走红，但不喜欢自己扮演的人物，她说："我烦死李铁梅了！"事实上她不是政治上的受益者；库东亮的妈妈，对自己荣耀的时光充满留恋，对政治盲目而狂热，尽管不懂"阶级异己分子"是什么，但一旦打开麦克风便充满激情，因为她曾经是政治上的受益者。衬托可以使两代人的形象都变得突出。苏童的本意，我们不难看出，历史背景以及父亲、母亲，也只是一个背景，一个成长的背景，只不过这一次玩得大，绕得远一些了。"不识庐山真面目，只缘身在此山中"。一部健康心态的民族史，不可能是建立在父亲、母亲的视角上，只能建立在新一代人成长的视角上，所以，小说《河岸》的整个下部分偏离了大部分读者的认识和阅读经验——偏离了大众的接受经验。由此，可能会带来传统认识持有者的不满。倘若读者确实认识到成长是小说的起点，便不难理解小说的下半部分为什么没有延续上半部分一气写到底。

苏童没有取悦读者，成长是小说《河岸》的起点之一，而寻找是这个起点的落脚点。寻找体现在对母亲的寻找、对自身身份的寻找上面。库东亮上岸，是为了寻找母亲，可是那个叫作母亲的人，又把他赶回了河上。慧仙是个孤儿，她也在寻找母亲，但在那个时代，母亲对于慧仙更像一个谜。库文轩看似抱定了母亲，其实他也在寻找母亲，证明自己是邓少香的儿子。母亲已经符号化了，成为邓少香塑像、烈士纪念碑，母性的本来成分已经消失殆尽，取而代之的是英雄（神）的抽象成分。对母亲的寻找，是对母性的寻找，这正是在寻找人，在呼唤情感，在确立个体意识的价值！找不到母亲，便难以确定身份，库文轩难以确定自己的身份，库东亮难以确定自己的身份，慧仙也难以确定自己的身份。母性，是人类最伟大的一种情感，当母性在大众视野消失的时候，人伦关系毁坏到什么程度，可想而知，寻找和修复又显得多么紧迫。小说在一开始便向我们展示了母性和人的力量，与其说苏童是在给英雄祛魅，不如说是在塑造伟大的母亲和活生生的人。邓少香被宪兵围住，知道难免一死，在就义前，她要求送孩子走，还亲了自己的孩子一口，此外，她留心的是自己的死相是否难看。邓少香并不是作为英雄的标本存在于小说，而是作为母亲、作为人的形象存在。

70 后

李萍是个代号

    小说的情节介绍起来颇为简单，且显恶俗：一个农村男人在城市里寻找自己的妻子李萍，在上午巧遇城里的嫖客张明，那男人描绘不出妻子李萍的特征，当张明问男人李萍屁股上是否有胎记后，被李萍的丈夫打伤。张明和许多自称叫李萍的小姐构成买卖关系，他被自称是李萍丈夫的男人打伤，晚上，张明带着伤，把男人寻找妻子李萍的消息讲给了屁股上有胎记的李萍听，张明因此在李萍那里享受了一次免单服务。屁股上有胎记的李萍从这座城市离开前告诉张明，她本名不叫"李萍"；后来张明遇见一个很像是李萍丈夫的收废品的男人，那男人面对关于李萍的追问，辅以笑容自称尚未结婚。

    时间、地点、人物，故事的起因、经过、结果，强调叙述六要素在叙述中的必要性，为的是确保所述事件其逻辑上的确凿性。这篇小说中的人物，除张明外的"李萍"和"男人"对身份的否认，使故事不再确切，真相成为一种纠缠读者的思虑，像一地打碎的玻璃扎着了脚底板下的暗伤——背德，苦于承认。这样一来，小说便不俗了。这篇小说就有了应该这样写的道理，以及显出高妙之处。行文至此，他们人性中的或羞耻感或爱与恨或无奈均交替暴露无遗。真相不再重要，或许一切正是由一系列巧合构成。故事的可能性由单一变得繁复，这是不少小说家梦寐以求的表达效果，这篇小说很容易就抵达了这一步。"李萍"和"男人"也因叙述的不确切，从具体人物转而成为抽象指称，成为一个符号，能指不变所指偏移，如同彗星拖出了长长的彗尾，在夜幕留下耀目的划痕。

倘若止步于情节分析的遐思，放弃对人物及情感、社会大环境等小说要素的考察，放弃叙事分析以及作者叙事动机的分析，只能浮于对这篇小说的浅表理解。其实，这篇小说在人物设置、叙事生成、主题的深刻性上都令人赞赏，处在很高的艺术境地。

叶勐的短篇小说《李萍啊》有三个主要人物：张明、男人、李萍。这令人想到《祝福》中的三个主要人物："我"、鲁四老爷、祥林嫂。张明在《李萍啊》中承担叙述视角功能，将小说中的"张明"和指代张明的"他"换成第一人称"我"，读者会发现小说照样成立。《李萍啊》是一篇伪第三人称小说。《李萍啊》中的张明，是一个市民、曾经的嫖客、隐秘的背德者，也是小说的伪叙述者（真正的叙事者是作者）；《祝福》中的"我"，是一个知识分子，也是伪叙述者。张明和《祝福》中的"我"，前者假借伪第三人称叙事，回避第一人称背德者造成的阅读不快，他是李萍的嫖客，通过回忆叙事，抢占次道德座位；后者披着同情祥林嫂的道德外衣，而实际是鲁镇人的伦理同谋。在这一点上，不同时代的两篇作品都在力图争取自己时代的尽可能多的读者，在道德认同感上，回避芒刺，与大多数人站在一条线上。两部小说中的两个人，伪装成了很普通的社会一员，甚至令人觉得他们尚为不错。从切入叙事的角度来看，叶勐做出了十足的努力，他的思虑是值得赞赏的。

《李萍啊》中寻找妻子的"男人"，于李萍所从事的工作，大约也是无可奈何，他想做的无非是殴打张明这样的嫖客，打完后便要逃跑，不愿继续寻找李萍。小说安排这样的情节，是"李萍"的丈夫们心壁上的一次投影罢了。由此，"李萍"必然是个假名字，"男人"的妻子必然不叫"李萍"。隐秘的现实被小说家发现后，在情节中灌输的是生命的内觉。作家于此，进行的是挫骨扬灰般地书写。这就像鲁迅对鲁四老爷下手，让他玩塞死人屁眼的东西。鲁四老爷的恶心，"我"自然是看出来了，祥林嫂的悲剧"我"表现出了同情。"男人"在背德者张明那里，几乎成了一个被调笑的玩物。男人在张明那里身份卑微，毫无情趣，被这样一个人打，张明感到难堪。男人之间的面子之争，好恶之感，到女人的苦难命运面前，他们同谋陷害，同情而不援手相助，逃避而表现出的是伪善；自我道德的救赎，谋求的不过是自我内心苟且的安泰。

《李萍啊》悲剧的力量，最终传达的是中国妇女苦难的拯救，这和《祝福》如出一辙。男权社会里面弱势的是妇女和儿童，商品经济时代的怪相也包括灵与肉、道德的买空卖空。

小说结尾，张明对李萍的"想"，实际功能具有一种自我道德完善，从而方能稍微缓释自我的不道德感。作家将人物张明的道德律降低到庸众水准，不难看出是一种期待，期待大多数人能感同身受，找到广泛庸众的心灵出发点。

时代使人物得到突出

能捕捉时代变迁信号的往往是优秀新闻工作者，小说家如果具备这样的能力，则可能将时代变迁的信息传达到人物的行为上，写入心灵的体验中去。新闻工作者和小说家的区别是：前者告诉我们时代可能要变，已经有新鲜事发生在个别人身上了；后者通过人物告诉我们，时代已经变了，大家现在怎样生活还可以怎样生活，告别旧日的人，心灵有什么隐痛或欣慰。前者突出事件的意义，表明时代的变迁；后者突出人物的心灵，表现时代景观。

看见鲁敏的短篇小说《字纸》，我马上想到了她获"鲁奖"的短篇小说《伴宴》。透过《伴宴》，我发现的是一个摄取时代人物魂魄的鲁敏，社会的变迁、时代的真相，通过小说中那位艺术家的心灵挣扎和境遇得以体现。书写时代，鲁敏是拿它突出人物的心灵和情感。这篇《字纸》又是这样，《伴宴》和《字纸》是并蒂花。

鲁敏的许多小说都是以时代变更、新旧交替为背景来写人物的。《伴宴》写经济时代到来，受到冲击最大的可能是精神文明工作者，所以该小说的主人公是艺术家。《字纸》写电子阅读时代到来，受到冲击的是传统阅读者，所以小说中的主人公是个老人。她更早的短篇小说《木马》写快节奏的时代抵临，小说写"男女速配"写城乡差异，写一个时尚青年和一个从闭塞地区来的小孩。

前不久，谢冕先生说："一般人只能被时代所塑造。"生活中，时代是不会使人物得到突出的，时代只会使绝大部分人被淹没在其中。写小说恰恰要做相反的工作，让时代使人物得到突出，哪怕所写的是一个平凡的人。《字纸》写的就是一个叫老申的平凡老人，这个老人敬惜字纸。他小时候，擦屁股的纸都没有——如今 35 岁以上出身农村的人可能知道这是中国的实情，这个老人小时候用字纸擦屁股会有一种快感——这是由"罪恶感"引申出来的隐秘快感。在中国人的传统中，敬惜字纸是骨子里的，用字纸擦屁股是奢侈的事情。当他老了，坐在马桶上使用卷纸，小说中时代的变迁已跃然纸上，人物小时候用字纸擦屁股的快感使这个人物形象鲜明而突出。

等人到老年，他被儿子接到身边，如厕用着卷纸，不愿意"混吃等死"于是看报学习，敬惜字纸重新提上日程。小说借用这个平凡的老人，把逝去的时代和中国人的传统拉到了当下这个时代，其结果是这个人物变得更加突出：他的报纸、纸片儿在家里越积越多，挤占了儿子儿媳的生活空间，出于对老人的尊重，儿媳只好一忍再忍。艺术化的合理夸张，使情节的合理性和老申身上携带的中国传统得到了有效地放大，阅读起来我们突然感到吃惊——如果鲁敏不进行这样的艺术放大，我们很难找出这种吃惊之处。正如谢冕先生所说"一般人只能被时代所塑造"，生活中的"老申们"，很可能有敬惜字纸的潜意识，但不会像老申表现得那样夸张，他们可能已经"被新的时代塑造"，他们潜意识里面的东西在新的时代不会演化为如此疯狂的行动。当然，这一切也都是因新时代而变得突出，如果大家的住房不是那么紧张，老申的报纸也不会成为媳妇的眼中钉；如果中国没有发生巨变，老申可能依旧无纸擦屁股，文化程度不高的老申晚年也无报纸可看。

老申这个平凡的人，他的种种行为和心理，是旧的时代所塑造的，也即将被新时代再塑造。看报纸并且连广告宣传单也不放过的老申，随儿子到书店，老申发现自己的阅读方式根本无法阅读浩如烟海的书籍。得知电子阅读日更新量1亿字之后，老申有所改变，对字纸不再那么尊崇，看报开始浏览。然而，老申始终不愿意当废品卖掉他积存在家里的那些字纸，这再次使人物的形象变得鲜明，也使人物承载的内涵变得越发丰富。敬惜字纸的人现在不是太多，而是太少，假设书写者怀有敬惜字纸之心，每日诞生的文字垃圾一定会少许多。书写媒介可以由龟甲到竹简再到纸质，现在又突然出现数字平台，可是人不可能马上改变，而敬惜字纸的精神可以成为书写者和读者心灵的契约。老申以残留的敬惜字纸的传统精神，在他这一代人的暮年，对现代文明和新的时代做出了无力的最后抵抗。

未来属于年轻人。当一个老人对日新月异的时代无所适从、无可奈何时，只能退避到自己旧有的操守之中，他感到已经没有精力接受新事物了。这是新旧交替时期，一个老人心灵的困惑和无奈，他行为的摇摆即是心迹的显现。再次想起谢冕先生的话"一般人只能被时代所塑造",这个老人被时代反复塑造,最后,他不愿意再被塑造。当他不愿意再被塑造的时候,人物老申就成了小说中的一个挺立者,他的行为与这个时代形成反差——时代使这个人物得到了突出。

两篇小说的表达策略

短篇小说《爱情到处流传》（原载《红豆》2009 年第 10 期，以下简称《爱情》）故事平淡，抒情性强，情节发展慢。这种慢与人物的心理意识合拍，作者以轻快的短句，进而弥补由此可能带来的阅读滞重感。这篇小说，用较短的篇幅，写出了人生的微妙和浩瀚。《爱情》和近几年的其他优秀短篇小说作品放在一起，显得与众不同，其明显的抒情特征使得它显示出异质。该作上了 2009 年好几家年度选本，继而像插上了翅膀飞入读者的视野。该作的作者付秀莹一举"升空"，成为小说界一颗璀璨的新星。

当人们重视小说的"好读"时，尤其重视故事性。真正好的小说，叙述、故事、语言是同等重要的。在《爱情》中，这三者交融得很好。此外，《爱情》的成功也提醒我们，抒情性在小说中虽然是一种可有可无的元素，但这种元素可以把小说点亮。说起缘由，我以为是如此的简单，因为抒情浸透了人物生命的汁液，感性而微妙，能立刻和读者经历的情感、体验，水乳交融，从而形成一种启明的光亮，照亮小说原本隐晦的来龙去脉。

在我准备笔记录自己关于《爱情》的读后感时，付秀莹的短篇小说新作《花好月圆》（原载《上海文学》2010 年第 3 期）摆在了面前。对比阅读，我发现两篇作品有着明显的共同点：对抒情性的重视，对爱情对伦理道德的逼视，对情感的丰富性、高贵性的确认；两篇作品又有着无关紧要的不同之处：小说进入的角度稍有不同，小说中观察范围的大小不同，留给读者回味和理解小说的路径也略微不同。

《爱情》大致写了一个女儿对父亲、母亲以及父亲的情人的理解，尤其是对母亲、父亲的情人的理解。最后，作品肯定了他们爱的价值都是宝贵的。《花好月圆》写一个茶室女服务员，旁观茶室往来的婚外男女的恋情，尽管女服务员不能理解这种情感，但少女情怀自然呈现出一种莫名的向往。该小说提出了一种可能，对这种情感提出了可能的、肯定倾向的暗示。爱情应该是最明媚的阳光，但由于我们的文化积淀，使得爱的表达常常是羞答答的。至于婚外恋情，深受传统文化、传统人文情感的影响，容易被认为是一种不道德的现象，如陈世美的故事。陈世美被一再丑化，爱情的社会责任被一再强化，屏蔽了情感的丰富性和情感本身的高贵性。电影《色戒》是否已被大众逐渐接受？重新打量、书写这个题材，在 21 世纪是否有了一个契机？《爱情》《花好月圆》的先后出现，以小说的形式再次撕裂以往的、非此即彼的那种伦理道德判断的思路，直逼既有伦理道德带来的无意识的偏见，确认了爱情阳光、明朗的那个部分，确认了人类情感的丰富性和爱情本身的高贵性。

《爱情》之后是《花好月圆》，出现的顺序使人觉得意味深长。前者像一块探路的石头，后者更显作者的真章。前者用女儿的特定视角来写父辈的故事，这让人接受起来坡度变小，小说中女儿的感受、女儿的理解过程和读者的理解过程是同步的，女儿这个角色可以带着读者走。女儿理解了父母，理解了父亲和父亲的情人，读者也就理解了作品中的人物，理解了小说中所写的现象。小说书写的范围是家。家庭成员之间，情感是纽带，相互理解起来毫不费力。《花好月圆》是年轻服务员对陌生茶客的打量，作品由家庭的范围扩大到了书写普遍的社会（国）的概念。进入小说的角度由女儿变为女服务员，观察者离她能体察的现象的距离越来越远。在《花好月圆》中，不能让服务员的理解带着读者走，而服务员的不能真正理解，使她成为小说中及现实生活里的大众代表。作者要表达的和服务员所不能理解的，二者构成了矛盾，这便使问题变得尖锐而突出，小说在悖论中获得了比照性，获得了强大的张力。借《花好月圆》，作者意欲客观反映小说中所写的现象，在大众层面（国民层面）能被接受的限度。

小说之所以能传达出这些深意，和作品的表达策略是分不开的。对抒情性的重视，使得作者和读者之间架起了情感沟通的桥梁。《爱情》回避了正面碰撞，以女儿的视角看待父母的往事，而《花好月圆》中的故事虽然发生在当下，但那对有婚外恋情的男女因死亡而得到道德评判的相对豁免。对于往事、死者，人们会因为时空的距离而重新审视，这为小说所传达的意旨争取到了更大的、被接受的空间。

忠实于情感和审美判断

《暴风雨》写的是一个男人对他和一个女人片刻激情（隐私）的回忆和再解读，书写的是人类情感的复杂性，以及它和理智共同带来的美好回忆。从小说中不难看出，激情和理智的双重体现使得小说中的人更加丰富，也更像一个有尊严的人。尊重激情同时更尊重理智，其实是作家在尊重本来就是矛盾共同体的人，这是值得致敬的文学表述，也是值得致敬的态度。经由作品，我看见的是一个能够捕捉到人物情感游移，对深邃的人性、复杂的人情拥有觉悟、有过体察，具有表现能力的优秀作家张惠雯。

突发的暴风雨，将有教养的一对半生不熟的男女囚禁在了幽闭的私家车内。惊魂未定的紧张状态、面对死亡的威胁等情况下，人的激情容易被激发。人哪怕要短暂脱离理智，在常规下是难以做到的。暴风雨在小说中是一种环境，面临暴风雨的这一男一女，可以说曾共同趋向死亡的威胁，共同面对过死亡带来的潜在恐惧和内心悸动。暴风雨在小说中也是激情的对应物，作家既写出了暴风雨的美，也写出了暴风雨的狂暴和破坏力，这实际是在写激情的美和破坏力。它在小说中是外在的自然景观，更是人物的内心景观。两个人良好的修养，也是双方能接受对方的原因，如果两个人修养不是对等的良好，这可能就是一个比较艳俗的故事，无法写成一篇标示普遍性的作品。半生不熟的关系，也是激情故事发生的一个条件，如果这两个人很熟，激情故事也难以发生，双方可能因害羞而不会发生什么。私家车内，这种幽闭的私人空间，早就被心理学家证实能够引发人的情欲。我们发现，当我们觉得这两个人的行为有点难以解释的时候，实际它可以得到诸多经验及研究结论的支持。毫无疑问，作家在写下这些的时候，已经为人物的激情故事做好了种种条件铺设，让我们有理由相信这全是作家对人性、人情的洞察，以及安排故事的"预谋"。

云收雨散，激情也如暴风雨过去，自然环境和心境同时恢复常态，小说中男女二人的故事该如何收场？他们如何看待这件事情？这成了"暴风雨"后要解决的问题，也成了决定这篇小说格调高低的一个要点。张惠雯正是把小说一半的篇幅留下来，回答这些问题，用来尊重她的主人公。当男主人公带着爱意和欲念重见女主人公的时候，他们之间又回到了半生不熟的关系。女主人公有自己的家庭，被动的激情过后，马上回到了常态。无论激情多么美好，终归有其破坏性的一面，继续交往下去，女主人公的家庭将遭到破坏。显然，作者视野下的女性尊重自己的激情，更尊重自己的情感和家庭。在作家的这种视野下，女主人公会觉得男主人公对她的家庭将是一种威胁。暴风雨过后，男女主人公走向对立，构成了推动小说发展的一组矛盾。女主人公对待男主人公采取了冷处理的方式，从此不大和他说话。当男主人公发现女主人公对他颇为戒备的同时，他发现她的丈夫是个友善、诚挚的人。他没有理由再纠缠她，没有理由恨她多变、对他无情。激情后走向了理智，他们之间不再有惊涛骇浪般的故事发生，但写清楚了男主人公解读女主人公的心路历程。他读懂了她的理智与激情，故事便有了一个无言的结局，便有了他的回忆。

或许因为张惠雯是位女作家，带有天然的女性视角，所以，虽然她在尽量客观地进行书写，甚至在这篇小说中完全使用男性视角——这恰恰保护女性在这一激情事件中的内心活动不至外露，女作家本能地在对女性人物进行保护。而对男性，她有将其推向占有欲或者欲望化的嫌疑。在这篇小说的男女关系中，女性似乎处于天然的劣势，而男性则携带着攻击性和破坏力，这是否可以理解为女作家对女性的偏袒？从这一点来看，张惠雯似乎是保留了传统经验的女作家。尽管如此，这也没有影响她作为小说家的基本判断。作为小说家，应该对人物、事件进行情感判断或者说审美判断，而不使用道德判断、法律判断。在这一点上，张惠雯做到了一个合格小说家应该做的。作家用自己的情感来体贴作品中人物的情感，开掘精神世界中的奇特景观。也正因这一点，这篇小说写出了许多作家面临类似题材时没有写出来的韵味，抵达了一个新的境界。这个境界，往低处说是贴着笔下人物的情感写，往高处说是对人的尊重。

两个底层女性的都市相遇

钟二毛短篇小说《微笑的死鬼》是一出弥漫着底层关怀意味的喜剧，更是深刻描绘现实悲凉，令人震动的现实主义小说的佳作。作品是通过两个本不可能相遇的底层女性在都市中一次偶然相遇来展开的。

故事发生在南方一座城市的城中村，作者描绘了一个农妇记忆中的欲望都市，因为丈夫告诉这个农妇，城里人的"精彩生活"是吃龙虾、住酒店、找小姐。大背景是打工潮，大量民工背负沉重的身心压力和生存压力，放弃夫妻、长幼间天伦之乐，漂泊在竞争激烈的城市，过着违背天伦的扭曲生活。故事的两个女主角：一个是第一人称叙事者"我"（小姐），作为二股东的一家发廊老板；一个是因丈夫工伤死亡进城处理后事，即将返乡的"她"（农妇），一个苦命的寡妇。农妇本不可能去找小姐，小姐本不可能为农妇服务。这两个底层女性的都市相遇，事件本身已经携带了令人深思的丰富信息。如果发生在现实生活中，这就具备很强的新闻性，发生在小说中则是独创性和戏剧性的体现。我曾说过，小说家是意外和奇遇的制造者。

现实生活中会不会发生这样的事情呢？我的回答是可能发生。小说提供的是生活的可能性，这也是小说的可贵之处。作者在逻辑合理的前提下，实现小说虚构的真实，或者说在真实的基础上进行虚构。"我"的发廊，生意惨淡等等原因，致使"我"这个二股东最后会为"她"服务。"她"的丈夫突然去世，"她"慰藉劳苦一生的亡夫，替代他吃龙虾、住酒店、找小姐，"她要让男人做一天城里人"，当然这是极端情境下的决定，虽可笑但可以理解。这是她们二人在都市相遇的逻辑起点，这回答了为什么她们会相遇。和许多以底层关怀为主题的小说不大一样，这篇小说没有以一种严肃的态度关怀底层，更没有美化底层，而是以喜剧的形式进行底层关怀：一个农妇替亡夫去找小姐。这或许符合底层生活的世情原生态，因为现实生活中不乏类似的喜剧。据报载，民间就曾有人在父亲去世后，给亡父焚化纸扎的"二奶"用于祭奠。这曾是火爆的新闻，并且引来过道德观察者们的批评。

作为一篇底层关怀的小说，这篇小说的关怀对象看起来像是小说中因死亡缺席的"死鬼"，两个女主角则很容易被读者忽略，其实她们也是小说真正的关怀对象。这两个生者，两个底层妇女，相遇后产生交流，构成实质性的相互抚慰——她们在都市中甚至从来没有得到过他人的真正关怀，直到她们之间产生交流。"她"从农田的劳作中赶到城里，丈夫死在了城里，"她"的悲痛无人可诉，公司里的人集体沉默，老板用四万元打发了"她"。吃龙虾、住酒店是为了慰藉亡灵，但"她"本人找不到一个人来倾诉，"她"这时其实是需要一个人来安慰和关怀的。"她"找"我"也是为了丈夫，但其实她们之间算不上情色交易，她们的真正交流由语言交流构成，由"她"的倾诉开始，然后推至身体交流，这是"她"缓释精神压力的一次交流，"我"的倾听和配合对她是一种安慰。在"她"倾诉的过程中，"我"感受到了人世间温暖的感情，"我"的服务被"她"认为是有价值的，所以，"我"从中感受到了愉悦。对于"我"而言，"她"和她丈夫之间温暖的感情，"她"对"我"的价值的认可，于"我"也是一种抚慰。

从小说所表达的"底层关怀"这个诉求来看，借助死者的名义只是策略，实际是关怀生者：活着的千千万万的"死鬼"以及"我"和"她"。小说所涉及的领域触及道德问题，也唯有借死者名义，以谋求道德批判的豁免，这是小说叙述中常见的策略。由此我们可以理解，在这篇小说的叙述中，选择这两个底层女性的相遇也是极其明智的，这让人能从全新的角度看待旧问题。当然，无论采用何种策略叙事，问题的本质都不会改变。于是，小说中的"死鬼"是否真会微笑，我们无从知道，作家也没有做出判断，"死鬼的微笑"只是"她"的感觉，"她"觉得丈夫应该满意了。"死鬼"是否应该微笑？"我"是否能和"她"一起安抚"死鬼"的灵魂？读完小说，我觉得，钟二毛触动了一个会引起争论的老问题。

虽然小说中弥漫着底层关怀的意味，但面对小说中所描绘的悲凉的现实，这悲凉的现实显得更为触目惊心。慰藉"死鬼"的独特方式无法被主流价值接受，人性与道德二者之间的冲突变得无法消弭，而两个女人的相互慰藉更显得可遇而不可求，更多生活在底层的城市漂泊者和他们的家属，如何才能得到关怀与慰藉？这一切尚找不到明朗的答案。小说中两个底层女性的相遇，将这些纠结的社会边缘问题，给端出来了。

人类最迷人的梦境

浪漫主义作为一种文学传统，现在较少被主流小说作家继承和发扬。这到底是出于什么原因？颇令人困惑。但在网络文学范畴，尤其网络长篇小说中颇多，可是又被推至各种类型小说的旗下。浪漫主义的魅力，是否被主流小说家忽视了许久？纸质纯文学期刊上的短篇小说，现实主义作品比比皆是，浪漫主义作品十分罕见，甚至可以用缺失来加以描述。现实主义几乎一统天下，这不是小说越写越死、越写越单一的绝对原因，但浪漫主义的缺失也是不容忽视的事实。

刘荣书短篇小说《马失踪》浓厚的浪漫主义色彩，无疑令人眼睛一亮。大家知道，浪漫主义在反映客观现实上侧重从主观内心世界出发，抒发对理想世界的热烈追求，是十分令人动容的。小说中的黑马，不被理解，受到了反复的伤害，逐爱而去，但终是被找回，被杀戮；小主人翁，一个叫"来喜"的哑巴，随逐爱而去的马，走向了自己的梦境，最终被医治，开口说话；主人翁"山里人"在路途中，几度遭责与伤害，始终保持宽容，这使他得到了儿子来喜。

小说由来喜的梦境开始写起："在春天远未到来时——白马、黑色石头、火焰、脸庞黝黑的男人、流水样的道路、星星、高过云彩的山峰、细眼睛女人——便在少年来喜梦境里交替出现。他不清楚它们预示着什么。在以往经验里，所有梦境的疑难都可以在现实中得以解答。"小说中的梦境和现实便难以划出有效的界限，梦境预示现实，现实如同梦境，二者之间的转换十分自然。但如果谈论这篇小说梦境的意旨，爱和恩慈才是人类最迷人的梦境。来喜最后抵达梦境，实际是去到爱和恩慈之中，是融入超越血缘关系的爱和恩慈。

来喜的梦境在小说中是神奇，小说中写道："上帝为了惩罚他，或为了捍卫自己在人间的权力与地位，不使这孩子过早地将秘密泄露出去，便使他成了哑巴。"来喜成为哑巴，和巴别塔的原型故事是类似的。《圣经·旧约·创世记》第 11 章，人们欲建巴别塔，上帝维护自己的权力和地位加以阻止，将人类的语言变乱，从此不能交流。这也是人和人之间产生误解、猜度的某种原因。在小说中，来喜不能讲话，马不被理解，来喜的爸爸和山里人之间误解重重，暗合这一点。《圣经》中不仅有罚，还有救与恕。来喜的爸爸两次殴打山里人，但山里人遇见来喜，没有仇恨，而是喜悦，从此来喜成了山里人的儿子。这篇小说最后一句话写道："我爸爸，早就把我的耳朵治好了。""我爸爸"是指和来喜没有血缘关系的养父。

"我爸爸"换个词就是"我父","我父"又指上帝。小说的开头和结尾，都是暗合《圣经》意趣的。

这篇小说中的爱，是分三个步骤推进的，逐渐由情欲之爱，写到血缘关系带来的爱，最后写到泛爱，最终表达仁者爱人，也有人将之称为基督的爱。情欲之爱，小说中是通过畜生来写的，即小说中的黑马。"马失踪"，马是因为情欲才去追寻母马的，本来可能它还能忍受伤害，如果母马没有出现。但母马一出现，它就闯祸了，拉翻了车，弄伤了人。已经被阉过一次而没有阉干净，阉夹生的公马那就更麻烦了。马在小说中被人格化了，老屋子失火一般，寻着母马的气息，不可遏制。情欲之爱，小说选用马来表现，写得可歌可泣，十分壮烈，作者是花了心思的。情欲之爱用动物来表现，回到了动物的野性，虽然缺乏精神属性，算不上爱情，但"情欲"二字表现得淋漓尽致。"马失踪"是情欲之爱走向的必然迷失。但情欲，往往也是爱情的直接出发点，所以，来喜出门学习爱，是跟着黑马出门的，出门后来喜迷路了。

来喜的爸爸发现来喜和黑马都不见了，首先当然是担心来喜，这就自然要写血缘关系的爱。血缘关系的爱是天然的，很伟大，但也带来愚蠢，有论者将其概括为"血缘关系的愚蠢"。来喜不见了后，来喜的爸爸产生了恨——见到山里人，像仇人见面，冲上去就狠狠地打了别人的脸；对黑马也产生了恨，他将黑马卖给了屠宰厂，杀死了。

来喜是在迷失后，终于得见超越血缘关系的爱，遇见了一个丝毫没有怨恨之心的人，这才找到了去处。小说对此有两段精彩的叙述："他（山里人）认出了来喜。低下头，抚摸了一下来喜蓬乱的头发，弯腰把来喜抱上车。嘴里喃喃自语说，老天爷，你这是想干什么呀！"我们且放下小说中比比皆是的贴切语句，"低下头"（是因为少年来喜比山里人矮），现在只看看"老天爷，你这是想干什么呀！"这一句。这是上帝对他的考验，当然，从"低下头"和"弯腰"这两个动作来看，他已经通过了考验。因此，来喜最终才能到达一度交替出现的自己的梦境之中。一切全部得到应验，现实从此和梦境无法剥开，紧紧地交织在一起。可以毫不夸张地说，来喜带我们去的是人类最迷人的梦境。

八分之一在水面上

　　傻子命儿在村人的施舍下活命。有人送命儿鱼，结果鱼掉入下水道。若干年后，命儿发现隐藏在桥洞下的许多大鱼，他怀着感恩之心，舀干污水准备抓鱼。结果，村人们粗暴地将这些五颜六色的大鱼哄抢一空，没有给他留下，哪怕是一条。甚至，前些天还送鱼给命儿，劝他不用自己抓鱼吃的人，也加入到哄抢的行列。这些在污水中长大的鱼，是否曾代表善意，是否就是村人曾送给他们（傻子们）的鱼？现在的这些鱼，也是命儿本想用来回报他们（村人们）的。为什么人们可以施舍给他们（傻子们）鱼，但傻子们无法送鱼给他们（村人们）？这是傻子命儿不会想的，也是村人们不会去想的问题。从中我们不难看出，"都是送给他们的鱼"，透露了作者打算揭开被掩盖的问题。

　　集体无意识，总是能找到合理的解释，它来源于共同的文化背景、道德规范和行为习惯。为什么村人同情命儿，比同情外来的傻子小虫子要多一些？为什么村人施舍命儿衣食，同时把他当作调笑对象？为什么大家有脏活、累活的时候，理所当然地叫命儿去干？为什么他们一哄而起，抢了命儿的鱼？为什么小孩儿和命儿，命儿和小虫子，他们可以玩到一块？大家认为理所当然，说明小说没有脱离实际。但与其说理所当然，不如说，出自于思辨的惰性。我们日常行为的第一反应，往往就是出自于集体无意识。小说既要描绘出人和社会的真实面貌，里边还要有作家的思考和发现。真正的思考和发现，需要作家对思辨惰性进行反抗，即对集体无意识的反抗，实际也是自己对自己的反抗。从这个角度来看，非斗士无以成为作家，无启蒙情怀无以成为灵魂的工作者。写下的，必须找得出不得不写的理由。杨遥所组织的每一个句子，在此，都可以看作是为起义或暴动的精心准备。然而，小说呈现的只是冰山浮在水面上的"八分之一"。

杨遥的短篇小说《都是送给他们的鱼》，将目光投向了人潜藏的慈和善、愚和恶；投向了广阔的社会、强势和弱势之间、交流的不对等；投向了我们共同的灾祸、人类所面临的生态恶化。小说表达了杨遥对弱势群体的同情，对人们所面临的共同困境的忧思。几乎难以想象，这篇6000多字的作品竟会包含了这么繁复、深刻的主题。海明威在《午后之死》中写道："作家对于他想写的东西心里有数，那么他可以省略他所知道的东西，读者呢，只要作者写的真实，会强烈感受到他所省略的地方，好像作者已经写出来似的。冰山运动之雄伟壮观，是因为它只有八分之一在水面上。"这段话用在短篇小说作家身上，我认为尤为紧要。短篇小说必然是舍弃民族志式的大江长河般的写法，考验作家写作的凝缩能力，考验文笔的简约，考验削剥材料的能力和眼光。

要弄清这"八分之一"意义的生成，先要弄清杨遥在这篇小说中省略了什么。小说省略了大家如何施舍命儿，以一场送鱼的描写为代表。伴随着村人的笑声，鱼滑入下水道。省略了环境污染和鱼长成五颜六色的关系。鱼变异，命儿长大，生态受污染，这是同时发生的。杨遥取其要点，用蒙太奇表现，细节描写增多，成长的经过被略去，命儿受恩惠也遭嘲弄得以体现，强势群体对弱势群体施舍与剥夺同在，只有弱势者和弱势者之间才能对等交流。这一切是为一场"暴动"做准备，达到极致时：送鱼者即将变成抢鱼者，与慈和善同在的愚和恶即将爆发，他们无视人类面临生态恶化的共同厄运，对哄抢占有这些受污染的鱼感兴趣。这篇小说篇幅短，故事时间跨度大，主题繁复。综合起来看，就构成杨遥对文字承载意义的饱和度的一种追求。书写过程，是一个构建的过程，构建的同时也应看作一个省略的过程。正因杨遥懂得简约，这篇小说有限的篇幅容纳了高能量。

送鱼、抢鱼。受污染而变异了的鱼。杨遥写的是一则关于"鱼"的寓言。假设将小说中的村人们，放在社会大家庭中，他们可能根本就不是什么强势者。强势者和弱势者一线之隔，全看参照谁而言。杨遥之所以在小说中借傻子命儿为参照，是要告诉我们，每一个人都可能是强势者和弱势者。命儿的境遇，可能是我们每一个人的境遇。变异的鱼，在小说中一方面具有象征意义，指向公众领域，表达对变了味的慈善的批判；另一方面，直指人类共同面临的生态恶化，它像一把利剑高悬在我们头顶，它才是最为强势的真正公敌，对此不加重视的人和傻子无异。这恐怕是杨遥借命儿为参照的另一层意思。无疑，这些皆建立在作家对思辨惰性所做出的反抗，也是冰山掩藏在水面下的那"八分之七"。

正视现实所展开的虚构

"留声机"前冠以"1937 年的"修饰，这个小说——《1937 年的留声机》，透露叙事者"我（小雅）"是怀旧的，甚至透露些许浪漫的意味。"1937 年"其实还将惨烈的南京大屠杀隐藏在其中，"留声机"意味着这个故事将由一位不幸中的幸存者陈述。小说中的三个人物是"我"、麻生、父亲，在 1937 的南京——这部魔性统治的"留声机"里面，发出过自己的声音。小说中也确实有一部留声机，放着一曲《雨夜花》。这首歌 1934 年在台湾创作，由歌手纯纯演唱，歌词本来写的是一个女子被男友抛弃，沦落风尘遭到践踏，但其时日本侵略台湾，词曲暗合了人们无奈、哀怨的心声，颇为风行。1937 的那部留声机放这首曲子是可能的，可以这样"特定"则颇有见识和意味。《雨夜花》是这对男和女，以及众多百姓当年命运的共同注脚。

小雅成长在一个有教养的家庭，父亲是报馆总编，颇为绅士。恰恰生长在文明有教养家庭的女性，反倒容易滋生受虐倾向。此外，父亲喜欢和女儿喝酒等等，这里面又含恋女情结的因素，而小雅同样怀有恋父情结。所谓的"受虐倾向""恋父情结""恋女情结"，都是潜意识的，常态下是隐形的。特定的环境，下意识的态度往往又起决定性作用。小雅以为父亲被日本人杀死后，她穿上父亲的长袄出门；当她被强奸，从小说中动用的词句来看，她眼中的暴力具有美感；麻生把她送回家，阻止她自杀，于是她继续受虐，被捆缚、灌食、禁闭……总之，父亲缺席时，做了强奸犯的麻生占据父亲的位置。麻生本为日本的青年艺术家，充满力量且绅士，这让她想起父亲，尤其和麻生喝酒的时候。受虐蒙羞后，小雅欲复仇、求死，均不得。只能接受暴力的伤害和暴力的拯救，心理被迫逆向转变，同时潜意识的东西也左右了她。小说在表现这一点的时候，可以说惟妙惟肖，写出了人立体、复杂的心态，写出了人是如何站到自己对立面去的。

直到父亲生还重现，小雅抱着父亲哭起来，但这时她已爱上麻生。这种情绪真实而复杂，尤其在生离死别的决战时，更显真实和复杂。父亲作为男人，对于麻生的存在则和女性小雅的感受天壤之别。父亲刚从日本人的一场屠杀中侥幸生还。即便他不是一个民族主义者，面对女婿的时候也是有敌意的。打死麻生，父亲一定坚信子弹是射向一个禽兽不如的侵略者。这就是作者笔下的"1937年"，处身于"1937年"，即便是不乏辨别能力的知识分子，曾经喜欢日本并送女儿东渡扶桑的父亲，一个平民的他也拿起枪，杀死了自己的准女婿——尽管麻生此时是站在侵略者的对立面。他们全都站到了自己的对立面。如果理智地细想，麻生罪不至死，就算把他当作投降的士兵。1937年的南京被魔性占领，战争使人缺乏理智和细想的耐心。这就是战争，令人疯狂，理性崩溃，残酷，血淋淋。

但麻生和小雅的故事，肯定是小说展开的艺术虚构。实际上，日军中可能有士兵和麻生一样人性未泯，但未必会有麻生的行为，小说的虚构放大了人性。但盛可以又从另一个角度证实"麻生们"的结局：必死无疑。小说展开虚构飞翔的同时，也正视现实。这就是盛可以笔下的战争，毫无退路，人性微茫而愈显美轮美奂，通过战争的残酷将其凸显。小说虚构之妙，勘测人性，指向有效的可能，引发无尽之思。小雅被侵华日军轮奸，是惨剧。盛可以将麻生之死也作为悲剧，这是见境界的。本身"爱仇敌"便见高境界，尤其放在南京大屠杀这种极端暴行的背景下来写。情感的来龙去脉真实、本质真实、令人信服，极其检验小说家的笔力。

"我常想遇到一个像父亲这样的男人，不顾一切地爱他"。实际上爱还是有一定条件的。她曾用沉默应对麻生，麻生曾穿着军装谢罪"盛装求死"，曾忏悔自己的罪孽，他意识到自己是战争游戏操纵者的游戏工具，侵略才是真正的魔鬼，直到"日本军队明天大撤退"，小雅才开口和麻生说话。麻生的忏悔、谢罪，不是面向小雅一个人的，而是面向小雅所属的族群。这场战争中的小雅和麻生，都是被迫卷入，都是受害者。当这种共同点生成，小雅才接受麻生。爱，是男女做出的双向选择。麻生对小雅的爱和拯救，也是来由充分的，来自麻生的忏悔，他对小雅的拯救同时也是他的自我救赎。

盛可以笔下的爱里，包含的道德、忏悔、宽容、自救……是爱之美誉和爱之价值的完整体，即便在战火和仇恨弥天的威压下也不会更改丝毫。

关于施伟小说的观察和猜测

　　施伟未来的写作是开放的，现在我所做的，乃是在这一刻对他的观察和猜测。

　　施伟似乎热衷于用"我"说故事。《晚年》（见《福建文学》2009年第1期）这篇小说借"我"之便利组织材料，糅合横截面式的精彩桥段，全因这些材料都是"我"知道的——这合理的理由，成全了一次桥段的"集会"。我猜测他心中有这么一个人物"七叔公"，有这么一堆可以当段子来讲的材料，于是他玩了一票。有趣的片段、好的细节，它们地方特色浓郁，时代感鲜明，夸张但本质真实，在我的阅读经验中，之前还从没读到过类似的细节和段子。由此我认为，施伟具有原创精神，这正是他的作品值得期待的原因之一。施伟的桥段是喜剧的风格，能让人听得忍俊不禁，欲罢不能，难以释怀。喜剧桥段的底蕴又多为悲情，于是施伟写的故事悲喜之间获得了比照。

《晚年》写一个老生产队长（"我"的七叔公）早年的风光和晚年的黯淡：风光时他家喂鸡也用豆子，他还有追豹子的英勇事迹，而农业"学大寨"期间是先进典型，女人上门勾引他，这些段子夸张、幽默，颇有喜剧特点；到了晚年，儿女不孝，老婆自杀，他连买酒喝的钱都没有，这又写得踏实而悲情。现任村长要出卖土地，他上访阻止，最后他养老的50元津贴被停发。他去城里卖鸡，想换口酒喝，结果撞见现任村长请人"按摩"，他饥肠辘辘一肚子气回来，有人问他："吃饭了吗？"他愤而回答："我按摩去了。"

施伟在小说中写道："假如我七叔公果真按摩去会让他儿子们没有面子，这是一定的。镇政府'有关干部'不怕丢面子，但怕事情闹得沸沸扬扬让民众注意到他们也有此嗜好，就不大好。"于是，风马牛不相及的问答，使他收到了儿子的赡养费，还重新拿回了自己的津贴，读者不难从中读出讽刺与幽默。这部小说将一个有功劳也有局限的生产队长的个人史，与农村发展和社会发展进行对位、拼贴，触及与社会公正体相关的严肃命题。

施伟在《逃脱术》中延续了《晚年》幽默文风与严肃命题相统一、喜剧桥段与悲情底蕴相结合的大致面貌。《逃脱术》也从个人史入手：一个魔术师，从青年恋爱到结婚生子，最后选择表演"逃脱术"，万余字内写了主人翁王承当半辈子的生涯。这篇小说中的故事，时间跨度较大，其间也涉及社会转型，从计划经济到市场经济；小说中的人物，则从顶替父亲上岗到最后下岗。《逃脱术》和《晚年》，写作切入点也有类似之处，即：个人史与社会变革是对应的。

应该说，施伟擅长将人物遭际与社会发展紧密联系，从而使人物获得鲜润的个体特征、鲜明的时代特点，甚至让人物上升至符号性质。《晚年》中的生产队长七叔公，《逃脱术》中的王承当，都是例子。

《晚年》的主人翁是家庭成员（七叔公），但人物在小说中的主要身份和实际身份是生产队长。《逃脱术》中的主要人物也是家庭成员（堂姐夫），但人物的主要身份是一个生活困顿的小市民、一个魔术师。《晚年》处理的侧重点实际是社会命题，《逃脱术》处理的侧重点实际是家庭命题。从家庭伦理的角度看，小说中的"我"在《逃脱术》中显得更加融洽。在"我"的运用上，与《晚年》不同的是，《逃脱术》中的"我"是故事中的次要人物之一。"我"组织桥段的功能依旧如故，但"我"也参与到了故事中。从这个意义上来说，"我"在《逃脱术》中比在《晚年》中，与小说的内容融合得更加紧密。

《逃脱术》书写一个家庭的际遇，书写家庭责任的担当与放手，尤为可贵的是写出了个体生命的解放和超脱。施伟小说不落窠臼，《逃脱术》中的人物有新气象。写家庭遭际而不拘囿于家庭，宕开一笔，使人物获得更宽阔的精神空间，令人耳目一新。

计划经济时代，王承当顶替死去的父亲上班，吃令人羡慕的"商品粮"，时值恋爱之际，追求"我"漂亮的堂姐。每次来找堂姐，他都会给我变魔术："双手空空地往我裤裆里虚抓了一把，吹口'仙气'，缓缓打开后手心便有一枚水果糖在里面握着。他说这是将我蛋蛋掏出变成的。"虽然父亲去世，母亲患有轻度精神分裂症，家境也不好，但王承当时是个活泼快乐的青年，给小时候的"我"带来过快乐。结婚生子后，小说中再也找不到这个快乐青年的形象，他是家里的顶梁柱，要照顾母亲、老婆和孩子，事无巨细一概承包。王承当这个人物形象显然是一个高度凝练的艺术形象，他身上集中了一个家庭成员几乎全部的美德。当所有的美德集中在一起的时候，并没有使这个人物在小说中的家庭里显示出他的价值。撕毁这个没有价值的人物，具有一种喜剧的色彩。艺术的真实带给了人惊讶、思索和启迪，而带给我们震撼和思索的，恰恰又是故事的悲情——王承当的表演"逃脱术"，死在车轮下，化为肉泥。

　　"我"见证了王承当的遭际和外甥王向东的顽劣。堂姐在姐夫的疼爱下，懒惰到不肯洗锅，"用水壶煮稀饭，大米地瓜粥从壶嘴徐徐倒入碗中，还省掉用勺子装"，这无疑提炼、夸张到了无以复加的地步。于是，昔日的美女堂姐，"横草不拿竖草不拈，就知道享福"，变得"如今胖得像艘航空母舰，坐在小板凳上吃五香豆，硕大无朋的屁股将凳子全盖住了，仿佛是空气将她托住"，"我"的外甥王向东，被丧父的王承当"当作父亲来供养着"，王向东是个十足的"恶童"，他将水蛇放进"我"的夜壶，将麦穗放在演员戏服的裤裆，偷女老师的胸罩等等。而王承当的母亲，一天到晚"像个诗人"，在作业本上写写画画……一个家庭，对于一个小市民来说，想承担起全部的重负，是心有余而力不足的。所以"王承当"的"当"，是"担"的错别字，此"承当"是"非法"性质的"承担"。

　　小说中的主人公王承当很少开口说话。对王承当亲人的书写，是作品的重要构成部分，集中地、直接地书写王承当的部分只有几处而已，侧面描写很成功，这使次要人物和主要人物都得到了丰满的形象塑造。侧面描写滤掉了可有可无的情节，于是小说控制在了万余字内。在小说的第四段，王承当说过两句话，一句是"彩虹，嫁给我吧"，还有一句是他爱的诺言："嫁到城里好啊！城里人吃国家供应的粮食，不用种田、不用种菜、不用养牲口，什么活也不用干，好享福啊，彩虹，嫁给我吧。"果然，他什么活也不要老婆干，王承当的爱没有原则，这是这出家庭悲喜剧的起点。这个一生为了老婆、孩子、母亲而背上重负的男人，他的魔术为人们制造欢笑，他不遗余力地使他的亲人活得更好，他碌碌无为，实现个人价值的方式竟然便是从家庭中消失。他代理了他所能代理的一切事务，但这个看起来的好丈夫、好儿子、好父亲，在丈夫、儿子、父亲以及自我——这四个层面上都是失意的。

下岗后的小人物王承当，处在困顿之中。而"我"不成器的外甥不出"我"所料，被关进了公安局，需要花一大笔钱才能放出来。困顿的魔术师王承当想不出办法，做好了死的准备——表演"逃脱术"。在表演前，他说了一席话："把儿女培养成人，如此出色做人做到这境界方可以卸下身上重担安然辞世。"王承当说这些话，内心或许如弘一法师面对死亡"悲欣交集"？他准备从家庭中"逃脱"。小说省掉了可以省略的很多对白，只让主人公说了寥寥几句话，堪称惜墨如金，表现力非凡。所谓逃脱术表演，指表演者被捆绑后装进箱子，然后用汽车碾，而表演者却能成功逃生。然而，汽车碾过处是一片肉泥，王承当的家人由此得到赔偿。他的"逃脱"赎回了儿子，也赎回了妻子、母亲的振作。《逃脱术》以夸张的手法、巧妙的结构、诙谐的语言，塑造人物、安排情节、叙述故事，引发人对丑的、滑稽的予以嘲笑，对正常的人生和美好的理想予以肯定，同时也表现了小人物王承当生的无奈、死的无助。

小说的最后一部分写道："这笔钱（王承当死后的赔款）用来打理王向东惹上的官司还有剩余，我堂姐开了一爿小小的饮食店，她整个人一下子变勤快了。'胖嫂餐厅'远近闻名……生意很红火。我堂姐夫的母亲陡然清醒，清醒得仿佛从来未曾得过病，二十多年病史的精神分裂症不治而愈……我堂姐夫死后，家道渐趋小康，他的妻儿老母生活得滋滋润润。""我外甥王向东，当年从那里面出来后，幡然悔悟，换个人似的学好，他自学营销从推销员做起，一步步做到有了自己的公司，如今是大老板了"。

如此，完成了人物命运和小说情节的逆转，假设小说就此结尾，便因俗套略显遗憾。《逃脱术》没有就此结束。结尾的神来之笔，使小说在情节绷紧之后松弛，再度舒展，突如其来的禅意，如清风吹过，使整个小说脱离悲喜。王承当成功逃脱与否的问题，是小说放在最后讨论的问题。《心经》中的"心无挂碍，无挂碍故"是否真的可以成为逃生咒语？唯物主义者看来，王承当已经死亡，王向东认为父亲还活着可能是自责之后的一种美好希望；王向东力图证实父亲还活着，也可能是为了寻求自我解脱，他在逃避良心的谴责，也是"放不下"和心有挂碍。王承当如果真的逃脱而且尚在人间，便如同小说开头的铺叙：大卫·科波菲尔无法和他媲美。与此同时，"心无挂碍，无挂碍故"便是能令王承当逃脱。"心无挂碍，无挂碍故"教人不要执着，也便是无悲喜，无死生，一切放下。小说正告芸芸众生，解脱自己，不受家庭拖累，不受生活的困厄。这显得颇有新意，《逃脱术》透露的价值观，相对于以往同类作品所倡导的家庭责任、道义担当是一种别样的反思。王承当的死亡，其意义具有多重性。

《晚年》中的"我"和莫言《红高粱》中的"我"颇为类似。《红高粱》中的"我爷爷"与"我奶奶"的很多故事，"我"不可能都亲眼目睹，所以"我"讲述的实际是他人的故事。"我"等于叙述者，叙述者的体验和作品中人物七叔公（他）的体验是隔着一层的，由"我"至"他"，实际是转述他人的故事。《晚年》之所以用"我"，主要是用"我"组织材料，如果小说不用"我"，时间跨度较大的一段段材料组织在一起难以显得自然和亲切，或许，这便是施伟没有直接使用第三人称来写这篇小说的原因。《逃脱术》中的"我"是叙述者，也亲历过故事最重要的环节，"我"的体验和故事讲述者的体验是一致的。正是由于"我"处在故事中，成为一种认知屏障，不能直接说出全部，只能说出自己知道的。这使得故事意义的发掘一波三折，生成阅读过程中审美意义的波动。

《逃脱术》在今年《福建文学》第3期刊载出来，先后被《小说选刊》《中华文学选刊》以短篇头条转载，得到了众多作家和评论者的好评，《逃脱术》为施伟带来了朋友。《福建文学》重视发掘新生力量，在今年两次推出施伟的小说，实在是令人感佩之举。本次推出的施伟新作《我要当舅舅》仍然是用到"我"，只不过这次的"我"是小说中的人物，而非叙事者。《我要当舅舅》中的"我"在小说中是一个弱智者，"我"是小说的主人公，在此，小说的叙述者可以有两种情况：一种是"我"等于叙事者，还有一种是"我"

不等于叙事者。如果"我"等于叙事者，叙事者将以一个弱智者的眼光来看待世界，叙述故事，这便类似《狂人日记》。如果"我"不等于叙事者，那么"我"在小说中便只是一个人物，"我"看见的世界有限，而叙事者看见了全部的世界，这便是《我要当舅舅》。叶兆言说："小说说白了，就是考虑不能怎么写，还能怎么写。"我猜，施伟正是这么干的。

80 后

为什么说这是一篇好小说

　　宋小词《锅底沟流血事件》中所描绘的环境、故事情节、人物的行为，作为一种具体、可感、赫然存在的外化物，实则是人物刘桂芬、马玉梅、马德山们的内心景观。小说的故事和环境"走心"至和人物互为表里的程度，就如水中盐、蜜中花，体匿性存。

　　这篇小说实现了人物内心景观的外现——热气腾腾的节令，锅底沟乃至菜园子中的物象、景观等，还有持续发生在锅底沟的流血事件——与其说是沉落进了刘桂芬、马玉梅、马德山们的心里，不如说就是人物庞杂的内心情感、心理的外在对应物。这就如"仰观象于玄表，俯察式于群形"。环境描写、故事情节能够为塑造人物形象服务，能够让人读起来感到行云流水，那就已经做到了"以人物为叙事核心"，是"贴着人物写"，宋小词将具体环境和生动情节作为人物内心抽象图景的外显，形成了类似象征主义诗歌的框架，局部又是工笔画的细腻写法，值得称赞。

这是一部人物众多的小说，小说中枝繁叶茂而且藤蔓交错，但只要抓住推动小说情节发展的核心矛盾，厘清人物关系，就会发现这部小说杂而不乱。宋小词的这篇小说，已经做到了撒得开，收得拢。

小说中的一组核心矛盾是，锅底沟流血事件的发生和制止。要制止流血事件发生，那就要修路。小说的主体情节是：马德山在锅底沟摔断了骨头，马玉华的媳妇在锅底沟流产，锅底沟的修路工程公家不管，于是马家人领衔修路，得到了众人的支持，水泥公路修成了，但锅底沟的路成了"私路"，汽车要想从此过，需要留下买路钱——流血事件再次发生。按照这条情节主线，似乎这篇小说不该写这么长。可是，小说中那些繁茂的枝叶、交错的藤蔓不是赘疣，而是这篇小说不断蓄积情感、完善叙事逻辑、形成人物内在驱动力的成分，甚至也使这篇小说指东打西，携带了更多的生命内觉、社会意义。这些枝叶、藤蔓能合理附着在小说主干上，主要是由小说人物关系的设置成就。

人物越多，小说就越复杂。每个人物上场，都会给小说内的人物带来更为繁复的关系和交流。考察小说写得好不好，看小说里面的人物关系和交流，是否为小说带来了丰富的意义。如果小说中没有多少功能性的人物，而且人物还多，那么，小说无疑是写失败了。那是因为，可能这位作者还不具备在一篇小说内控制那么多人物的能力——撒开的网收不拢，提不起来，自然捞不起来鱼——哪怕网里头有条大鱼。从《锅底沟流血事件》这篇小说的人物关系来看：父母是孩子的路，孩子是从他们那里走出去的，他们一生艰辛都是为了孩子，可是老了，儿子却有些指望不上——这是另外一个锅底沟；农村遗留下的是"386199部队"，他们是一群带不走的人，是现代社会留守"后方"的"同志"，这是又一个锅底沟——处在不能遗忘但难以走进的角落，留下的是老大难的问题；马玉梅想当干部，可是，干部她没当上，她也想公权私用（修路），结果是先被公权私用了——人物关系体现社会面貌的某些局部。这篇小说中写修路，修路是一种心理诉求，也是一个象征。锅底沟、修路，这两者不仅是具体的存在，而且是一种"象"，所以能与人物关系纠缠在一起——抽象的"象"合在一起，如同撒开的网收拢。

锅底沟是个象征体。锅底沟是刘桂芬、马玉梅、马德山们的内心景观。人物关系和产生的交流，使这篇小说附着了深广、悠远的社会意义。

《锅底沟流血事件》不是靠理性判断和是非判断推演出来的，宋小词的这篇小说是靠情感判断写成的，所以，人物的行为是心像，也是靠情感驱动的。情感判断应该是文学创作中的主导判断，即便是理智型的作家（如鲁迅），行文也会以情感判断包住理性判断，藏锋于笔墨中，作家应该是风趣的生活审官而不是法庭上的判官，是人性的审视者而不是政治说客。这是一篇写底层人物的小说，但宋小词不是以底层的代言人自居的，尽管字里行间流露出同情，但并没有赞美底层——鲁迅当年也很少赞美底层。

当作家对笔下人物的认识到达一定的高度，很难出现生活中没有的"高大全"式的人物，对自己笔下的人物总是既爱又恨，理解、批判、赞美、扼腕是同在的。站到一定的高度后，作家对自己笔下人物的可贵与局限就看得很清楚,情感就不再是单一的某一种情感。《锅底沟流血事件》中对刘桂芬、马玉梅、马德山、马玉华、老宋的处理莫不如是。唯有看得真切、清楚,作家笔下的现象与人物,才能呈现得更贴近现实人物与社会现象的本质,无疑也更加生动真实,带着生活的烟火味和杂质。

这篇小说最打动我的地方,并非它潜含着的对当代社会某些现象的批判,而在亲人间的情感、朴素的生活况味。时代和社会面貌是可以改变的,随着时间流逝,时代不过是时代人物的一个背景。人性是千百年来共通的,是难以改变的。锅底沟的流血事件是惨痛的,修路几乎是亲情的温暖昭告。可怜天下父母心,人性复杂,但其中也有不可动摇的稳定部位,那里古老而简单,却也是最能打动人的。

此外,"90后"作家用方言写作的几乎快绝迹了,"80后"作家提炼方言用以写作的有马金莲、宋小词等人,凤毛麟角,但都引起了读者的注意。方言或植根于古代汉语或植根于生活,提炼或援引方言用以写作的作家,语言往往别致。方言进小说,为现代汉语文本提供了语言异质。文学是语言的艺术,读小说我们不可能不注意它的语言。宋小词出生在荆州地区,生活在武汉,她的小说语言里面就夹杂着提炼了的荆沙方言和武汉话,腔调特殊。《锅底沟流血事件》的读者,应该已经注意到了:湖北方言进入现代汉语,成了那些天外飞仙一般的存在。

面向亡灵的述说

"第一次见她是 90 年代末。"这是 1986 年出生的作家李晃，在小说《姐姐》中写下的第一句话，它设置的是小说发生的年代和社会背景，用的是回忆的语态。20 世纪 90 年代末，改革开放已二十年左右。1997 年夏天，香港回归；1998 年夏天，世界杯足球赛法国夺冠；1999 年迎接澳门回归。《姐姐》中故事发生的起始时间"夏日"，应该就在这样的某个时段。

小说中的"我"叫李准，踢足球，打电子游戏，看香港三级片，用蚊香度夏夜，用香波洗头发，住在纸糊玻璃窗、安装白炽灯的房间，生活在红砖墙大院中一栋老楼的第二层，他正处在刚开始梦遗的年纪。当人们依旧在回味苏童"香椿树街"少年系列小说以记忆方式呈现 60 后童年少年的成长历程时，发现 80 后作家已经开始活灵活现地回忆 90 年代末的少年生活。

小说中的姐姐是个高中生，看《红楼梦》，戴黑色乳罩，穿粉白三角裤，这也基本对应 20 世纪 90 年代的女高中生。80 年代初，乳罩开始在成年时尚女性中使用，91 年代已经普及至封闭小城的在校女生。

但同时，90 年代末乃至现在，内陆省份的许多小城依旧保留着乡土气质，是熟人社会。姐姐从千里外的老家被接来"我"家时，李晁写道："他路过二毛家的商店时，我被一个声音叫住，是院里的大嘴薛老太婆，她眼尖地发现了我，喊起来，李准李准，你姐姐来啦。"当年就是这样，某家的事情，所有邻居都知道。姐姐已经到"我"家，可我跑回家，"拉开纱门，屋里很热闹，来了好些人，都是妈妈的那帮老太婆朋友。"这就是 90 年代末的某种特有景观，现在很难在城市再现——谁家来个亲戚邻居老太们会上谁家去。这是温情的一面。

正因有这种时代特征，所以，作为羞怯少女的姐姐怀孕后更不敢面对大家，她死在了小诊所的手术台上。小说中写道："你走后，薛老太婆已把你和他的故事大肆渲染，他现在成了货真价实的杀人犯，被人唾弃；而你，是一个误入歧途的少女，让人扼腕。江枫怎么也想不到他会败在老人们的嘴里，成为众矢之的。"原本可以作为隐私的，在一个熟人社会马上会演变成公共事件。姐姐死于青春懵懂，死于堕胎手术，更确切地说是：死于舆论。

这就是李晁笔下 90 年代末的小城故事，文明与保守、温情与惨痛并存的记忆。如果是在更早的乡土社会，这对表姐弟结婚也未尝不可能，这样表姐就不用为怀孕而胆战心惊，因为她怀上的是表弟的孩子——然而，他们所处的年代是 90 年代末，加上表姐的监护人是"我"的母亲，这样的行为就构成乱伦。虽然当年的"我"认为是江枫害死了表姐，但"我"这一代人对于事件的处理是："我"和江枫在足球场上解决。这种代替野蛮举动的文明，虽依旧是古老中国暴力行为惯性下产生的变种，但也能反映出时代在少年身上打下的烙印。

姐姐，是这篇小说虚拟的唯一受诉者，所以，小说中的姐姐被大量的"你"所替代，构成倾诉状态。相对"我"而言，姐姐最初的意义是"女人"。小说中"我"初见姐姐，是把她当女人在看。在那个"夏日黄昏"之前，"我"没有见过姐姐，所谓的姐弟概念，实质是空壳，缺乏姐弟情感作为支撑。

于是，对于青春期的男孩而言，那是一个刚刚洗完澡的女人："我是等了二十分钟才把姐姐盼来的，一个身影从纱门外飘进来，亭亭玉立，头发湿着，拖到腰部，还在滴一些晶莹的细水。姐姐手里挽着脸盆，穿着一套轻薄的棉短衣，看得出是手工做的，绲了蕾丝边，姐姐腿很长，短裤以下还有一截可观的，匀称的，同样挂着水珠。""我"第一眼就是以两性立场在打量女人，而不是在家庭伦理的概念中接受姐姐。这预示了小说中即将发生的故事。

显然，李晁知道怎样把姐姐当姐姐来写。在此之前，李晁曾写过这样一笔："人群就要散了，一些人还指着我的鼻子说，李准啊李准，你姐姐来了，看治不住你。"姐姐在"我"生活中，可能的另一个位置很明显："看治不住你"！然而，"我"极其肯定地把她和母亲划在了"女人"这个概念下："我不以为然，这个家，我最怕的是我爸（所幸他常年在外），谁还怕女人啊。人走后，我问妈，她呢？"

疏忽的母亲没有在意"我"那些看似平常的话，还在一味强调这是姐姐："妈妈说，没大没小，那是你姐姐，以后不准她啊她的。"接着，母亲毫无顾忌地说："你姐姐洗澡去了。"小说中的母亲过于信任这对少男少女应该也是有心理根由，她把眼前的儿子和正在洗澡的"女儿"当作了——她自己和自己的姐妹——他们是她们血脉的延续。母亲和姨妈的姐妹感情，不可能也像血缘，直接延续到这对少男少女身上。80后的"我"是中国独生子女群体内的一员，从小没有兄弟姐妹，没有相应的这类情感体验。母亲这代人的情感判断，终成为某些草率决定的依据：安排卧房等。

在"我"的隐秘成长史中，姐姐不仅是女人，也扮演情人、老师等角色。姐姐从千里之外来到了一个少年躁动、干渴，"骨头发痒"的成长岁月。他们之间的交流，关系的建立，居然是从性开始。在过去一代代作家关于童年少年时期记忆的小说中，时常出现性苦闷者、手淫者，有的甚至把性解放者当作某种意义的"革命者"书写，然而，在80后作家李晃的小说《姐姐》中，少年在欢畅地享受性爱，他们因性爱的副产品受害。巨大的自由和解放空间，没有给他们带来幸福，留下的回忆中有惨痛和人伦扭曲的萌蘖。姐姐怀孕后利用江枫，自私而伟大地保护自己的兄弟免受伤害，自己则在花季的罪恶感中沉默，最后凋零。一个少女，无论往哪里走，遇见的人都是男人，而这男人中竟也有自己的兄弟，这难道不是一代人少年时期的吊诡之处吗？当一切无法挽回，她用沉默和死亡对简单的性别世界做出了抗拒，为亲情的到来、伦理的复位赢得时间。

她离去多年后，"姐姐"这个身份重新获得了"我"的承认。在叙事者"我"的回忆中，浓烈的抒情色彩赋予了姐姐绚丽的色彩。这种抒情，主要情感是弟弟对死去的姐姐的情感，是对亡灵的倾诉。里面同时混含的还有："我"对姐姐迟到的感谢，对姐姐伤逝责任的追认和承担。当"我"作为叙事者，面向亡灵讲述这一切的时候，没有丝毫隐讳，没有为自己辩解，当然也不会考虑其他读者的感受，听众只有一个，那就是姐姐，所以，述说的不少内容是循着情感发展和故事发展的内心独白。

给人以震惊的回响和余味

在《小说选刊》2014 年第 4 期的责编稿签中，我曾这样谈论不有的一篇小说："《人面鱼》把我震了一下，它和《河的第三条岸》等众多以细腻翔实笔墨虚构故事的作品一样，给人以震惊的回响和余味。……第一人称'我'作为叙事者，我们信任了'我'的讲述，对'我'具有好感，但实际上只要脱离叙事者对我们打量故事的控制，跳出来，客观看待'我'讲述的一切，就会发现'我'的性格正是促成旅游也是错过景观的缘由，'我'的紧张、猜疑等负面情绪，皆为心像，与外物他人无关。"那是我第一次谈论不有的小说，我没想到的是，《人面鱼》竟是不有创作的一个缩影。

不有写小说，有向那些细节大师们致敬的架势。他用某些扎实的细节来表现人物真实的面貌，但他的故事体现同时也遮盖人物的真实面貌——他的故事内留有叙事者"我"的主观，那些贴着人物书写的"我"细腻的感受和体验，小说中的这种"主观景象"很能迷惑读者。他的《人面鱼》《橘子》《报平安》都是这样，而且题材都是旅途故事，又因细节描写派生出画面性，读他的小说我联想到一种电影：公路电影。如果不仔细盯着他的那些字句，他的作品里面好像什么都没有，是空的。尽管如此，不有的小说却总能在你脑海中留下一两个印象深刻的画面，极像电影中某些令人难忘的精彩镜头，让人回味。然而，我们始终要记住，这是小说是语言艺术，只需仔细阅读，或者不经意间想起他小说中的语句，你就会发觉他的小说是一个语义丰富的世界，作品内人物之心或麻木或焦灼，或炽热或冷漠，不一而足。

我认为，不有具备一种能力，他能用纸包住火。只要你看不出他纸里包的是火，那火就能一直包在纸里面，像是常态，仿佛里头本无一物。面对不有小说时，我和读者要做的事情一样，那就是让火把包裹在外面的那张纸引燃。这也就是说，如果我们足够后知后觉，不有包在纸中的火，它会像一颗不断推延起爆时间的炸弹，潜伏下来。当然，我这个比喻看似传神，而实际上，一切比喻都有其蹩脚的地方。所谓的"纸"，是小说的表面样态，而"火"和"炸弹"是指小说具有高能量的内核。当你发现那隐秘的、高能量的内核——它就在看似空无的小说样态里面藏着，获得的必然是震惊的回响和余味。

《人面鱼》《橘子》《报平安》，这三篇小说中的主人公都是"蒙面人"，随着行文铺展人物慢慢有了遮面之布——我们一开始没有注意这个人，后来越来越认不清这个人，结果我们就更希望看清这个人。这三篇小说都是以第一人称进行叙事，读者通常会借小说中"我"的视角，体察世界，充当旁观者和故事的接受者。然而，"我"在不有的这些小说中是一个人物——小说的主人公，而不是次要角色。因而，意识到要作为主人公来分析"我"，读者必须是反思性的读者。一方面是由"我"代入故事，旁观小说内的世界（"我"被排除在外）；一方面"我"恰恰是小说着力塑造的人物。小说中那个让你听故事的人，他在讲故事给你听，而实际上不仅仅要听他讲的故事（故事正是"我"的"遮面之布"），他本人更是需要你去研究的对象——你得分析他那样讲述故事有何猫腻，分析他亲历故事时的种种行为中潜含着什么内容。

譬如《橘子》，不有写的大致是三个人去看鹰的旅途琐事。当小说中杜聿生突然出现，读者发现"我"的这一邀请妻子并不知情，"我"漠视她的感受。"我"之后的种种行为——细节中一再隐含了对妻子的态度和情感。鹰是猛禽，旅途中所吃的橘子，则通过历史文本《橘子》（作者芥川龙之介）镀上了一层温暖的人性。猛禽和人性，这种猛烈的对撞，足以让人对故事的意义产生诸多联想。但它们之间隔得很远，隔着时代和国度，其意义的确立，需要得到更多的支撑：小说中的"我"是一个怎样的人？"我"和妻子的关系如何？透过小说细节，读者会想：为什么"我"会娶一个自己并不满意的妻子？为何"我"虚与委蛇地维护这种看似美好实则空洞的夫妻关系？小说留给我的回响和余味是：我们离题万里地做着事、生活着——原来如此，不过如此。

不大像小说的好小说

　　草白的作品我之前几乎没看见过，关注她是因为她前不久获得了第二十五届"联合文学小说新人奖"短篇小说首奖。尽管如此，也不要把获奖作品想得多么高深，过度阐释经常令人走入迷途，毫无益处。草白是一个业余作者，其实，她的获奖作品《木器》写得是不大像小说的，故事整体安排自然而朴拙，像一篇高中生的记叙文。写人（突出爷爷）和记事（爷爷的事，有详有略）结合，人物形象鲜明，选材别致，语言令人过目不忘。即便不敢说有多么多么好，也能肯定是一篇不错的作品。"联合文学小说新人奖"，是颁给"新人"的小说奖，关键在"新人"二字——未成名而将来可以成名，作品的写法和内容不落窠臼，区别于老的旧的作家，同时，"新人"也意味着可以是不成熟的。

　　老的旧的作家，作品可能更加无懈可击，他们的小说很少有不像小说的。所以，不大像小说，而且好，那就反倒是可贵的。我之所以专门提及草白"业余作者"的身份，主要原因是，通过草白的《木器》来看草白，她目前还不是一个经历过刻苦训练的小说作者。《木器》的叙事者是孙辈"我"，小说中的第一人称叙事不纯粹，讲到了些许"我"不知道的——爷爷的体会。这样的问题，大约成熟作家的作品里面，是不大出现的。技巧的问题，对于一个有志于写作的人而言，将来可以慢慢解决。但能否算得上一个作家，得看创造性的有无，得看字句中能否读出作者对世界、人物、事件、细节的独特理解和感受，得看作家叙事的直觉是否良好，这有时靠天赋，训练出来的能力时常表现为文章的生涩。我感觉草白是一个有天赋的写作者。

作品一开头便写到了作家对一个现象的独特理解："爷爷老了，大概快100岁了，一个人不是皇帝，却活那么久，这简直自取其辱。"一方面"我"认为这是"自取其辱"，另一方面爷爷问"我"他是否活得太久，"我"则回答："不，比起太阳，您活得一点也不久。"从回答我们不难看出，"我"采取了回避抑或说揶揄——毕竟爷爷不是"太阳"。长寿历来是被祝福和赞颂的，生命的尊严和"自取其辱"对立统一在爷爷身上，作为一个阅读经验丰富的读者，我以为作品在后面必然围绕这一"发现"，拿具体的事件用来印证。然而，令我们读得饶有兴趣的一个个事例，并不是围着这一小说的开头展开。这些事例是以最原始的铺排并置，爷爷一本正经地面对生死和自身肉体的问题，而表述效果是：那成了一个个令人捧腹的笑话。"我"和亲人们的表现和态度，解构了这些人生重大而又严肃的问题，将它变成了一桩桩笑谈。放弃用故事本身印证小说开头的定调，而是用表述效果来印证。显然，最终表述的效果，可以传达作家对人生的某种理解。我意识到，用事例证明，不如以表述效果证明来得高明——这篇小说既使用了生动、逗乐的闲笔，又对小说第一段的定调进行了呼应，还让抱着既有阅读经验的读者享受捉迷藏一般的猜读乐趣。无论草白是否有意如此，总之，结果就是这样。而我更愿意相信，这一切源自草白的叙事天赋。

直到后来切入正题，写到爷爷制作"木器"，作品才放弃材料并置，开始以简单的线性结构，按照时间的先后来写。线性结构的优势，是给人以强烈的秩序感、明确的逻辑因果关系。爷爷揭自己的死皮，欲窥视自己的身体被阻止，于是想"造船"逃离？逃离不成，"造棺材"从容赴死？这些显然是由线性结构引出来的解读路径。由此，甚至引发关于"揭皮""造船""造棺材"分别对应象征或隐喻"窥探肉体真相""方舟、救赎、逃离""坦然面对死亡、活着的绝望"等猜度。这样想的话，未免依旧是落入了俗套。我更愿意相信，草白这样写不完全甚至不是出于象征或隐喻的考虑，而首先是想写出一个老人孩童般的天真行为，这些行为并没有什么内在逻辑关系，是叙事使我们造成了错觉。正是我们对生命和行为有太多的想象和猜测，使得这些天真的行为被赋予了阐释的价值。而实际上，作为一种现象，任何确定的阐释都可能是挂一漏万，我由此更欣赏作者将现象本身描绘清楚，从而，提供给读者一个开阔的空间，做出不同的解答。

草白在《木器》中，对世界、人物、事件、细节的理解和感受，对小说的处理都是比较独特的。而许多作家的作品中，所谓"独特的理解和感受"时常来自间接经验——这还不是最要命的事情，最要命的是遇见"范式书写"，这便是为什么我们读小说时常打不起精神的原因，我们读的小说太像小说，它们是做出来的。这篇《木器》的写作处理自然而少有雕琢的匠气，再往前推一步，你说它简单它就是简单的，你说它玄机无限它就玄机无限。这有点像禅意，是有是无，在于你自己去悟。

生活有残忍的一面

从第一次读这篇《驯虎》到现在，已经读了 N 遍，一如既往地觉得好。这部作品具有诗的语言和品格，意象丰富，堪称寓言。《驯虎》让我惊叹一个 23 岁年轻女作家的天才和老辣。吴纯以犀利的笔书写生活残忍的一面，血淋淋的人的境遇给人带来震惊，由此更让人发觉，人世间相互给予的温暖依偎弥足珍贵。《驯虎》是冷酷与温情交织的作品。

从事件来看，小说写的是一个驯兽师驯虎最后被虎所伤。老虎是陆地上的万兽之王，但驯兽师要训练老虎表演的节目，其最大看点却是老虎下水游泳。为了吃上一口肉，老虎不得不学会游泳。小说中设置了一个旁观者，驯兽师 10 岁的女儿以童年视角对"驯虎"这一行为发表看法："你们太残忍了"，"老虎不会游泳的"，"它不会开心的"。此外，小女孩对爸爸提出一个疑问："爸爸，什么是偷生？"果然，一次节目表演完，老虎从后面扑上来，咬伤了接受鲜花和掌声的驯兽师。从这些内容来看，小说写的是一只老虎隐忍偷生后的一次反抗。

到底是什么造就了驯兽师的残忍？是生活。生活让驯兽师和老虎均需妥协、就范。生活逼迫我们甚至残忍地对待自己。虎是这样，人也是这样。而小说中的小女孩只能看见人们对待老虎的残忍，看不见生活本身的残忍。而她的父亲以及她的未来，是否依旧要靠残忍谋求生存？驯兽师对女儿的祝愿是："愿你无虎入梦"。小说中的"虎""水""驯兽师"等是一个个意象，具有表现主义作品的特点，表现主义艺术家认为，艺术"不是现实，而是精神"，"不是再现，而是表现"。从这点来看，无论老虎在现实中能否游泳，作品借"老虎游泳"刻画了人的精神面貌，人的生存困境，强化了生活残忍而触目惊心的那一面。

小说中写了老虎、驯兽师、驯兽师的妻子和女儿以及看老虎表演的观众。这个驯兽师也是无可奈何，他必须训练老虎游泳，这是由观众们决定的。本来他最初是跟着叔父学驯猴的，可是，观众对看猴子表演已经没有了热情，对于看老虎表演也不满足，还要看老虎游泳这类新奇的节目。我们可能难以想象，实际上我们中的许多人是喜欢观看"老虎游泳"这类表演的。我们难以直面的是，原来我们是一群内心潜伏着残忍的人。对于"老虎游泳"这类表演，居然有那么多人毫无厌恶感、毫无抗拒之心。正是"我们"，构成了这个社会，使残忍的节目变着花样上演。

这位使老虎学会了游泳的驯兽师不是什么英雄，在生活中只是一个失意的小人物。但对于他的家庭来说，他是不惧艰险的英雄。这或许正是小说要告诉我们的，生活中有无数小人物，但他们对于一个个家庭而言是"驯虎英雄"。作品通过对人到中年，依旧一无所成，甚至还和自己的母亲失和的一个驯兽师的描写，表达了对小人物的讴歌和赞美。他的家庭需要他付出精力来维护，而工作则是面对一头猛虎。要改善家庭状况提高经济收益，他必须与虎为伴，他不得不残忍地对待那只老虎。生活把这个曾经浪漫，搂着妻子讲故事的男人变成了现在的驯兽师。

驯兽师和那只为了一块肉游泳的老虎是一样的。作品在表现这一点的时候，没有将驯兽师和老虎写成纯粹的对立关系，而是发掘了他们之间的共性，小说中写道："瓷砖上的阴影依然冰冷安静，而他和虎的影子在水中交织，就像一只虎走进了自己的身体。"当我们想起《礼记·檀弓下》中的《苛政猛于虎》一文时会发现，该文表现苛政的残忍，书写人必须面对虎的无奈，人和虎以及苛政是对立的。《驯虎》是写生活的残忍，虎和人都面临生活的无奈，他们选择了残忍地对待自己。《苛政猛于虎》也好，《驯虎》也罢，为了生存，人无法站到生活的对立面去。

作品中驯兽师的妻子，关心的是丈夫是否在乎她："如果我和她掉进水里，你会救哪一个？"连驯兽师本人也弄不清妻子所问的"她"到底是指母亲还是指情人，但虎口余生后，他又听见妻子趴在他病床前梦呓："其实你是救我的，是吗，但是你会和她跳下去。"驯兽师的妻子大约对丈夫多年前与旧情人的不期幽会心有余悸，以至于产生更年期忧郁，他觉得丈夫会救落水的她，但会抛下活着的她再次跳下去，与旧情人一起赴死。梦呓无法在小说中验证，这是小说的结尾，相当空灵。确实，丈夫舍生忘死地工作是为了家庭，但情感上难以证实他不会和旧情人赴死。不得不说，这也是残忍的生活真理之一。

一切坚固的都烟消云散

《只有逝水流年》大致容纳的是："新世纪第一个十年"（2010年）即将到来时，31 岁的女科幻作家方小华和同居七年的男友作家刘典分手，七年前（2003 年）刘典曾带她到纽约旅游，她在纽约的表妹因出差未能与他们见面；如今她和刘典刚分手，方小华以看望八九年未见面的表妹之名来到美国，却因故迟迟见不到表妹。作品以方小华的第二次纽约之旅为线索，一面让方小华离开和刘典同居的北京，书写异域处境（在芝加哥一个机场误机、在新泽西一家酒店等待表妹），一面以意识流手法让人物超出当下处境，在消逝的时空中打捞她和刘典及表妹的故事。

这是一场内心情感的风暴。

小说人物方小华并不认为她的第二次美国之行是来"疗伤"的，尽管她和刘典分手才一个星期，虽然她也感到"决定来美国看什么表妹"显得"突然"。刘典和她同居了七年，但她要和他分手；表妹和她分开了八九年，但她要来看望表妹，尽管"真不知道见面的时候说点儿什么"。恋情浓过亲情，亲情比恋情坚固，最后"一切坚固的都烟消云散"（于一爽小说集名、马克思语），"只有逝水流年"。这种失望和绝望的情绪，隐藏在她的内心深处，伴随着方小华的第二次美国之行。作品中的方小华外强中干，她在梦中差点哭出来，"她以为，哭会让刘典也变得软弱，而软弱是两个人关系中最重要的部分"。然而，梦境之外，现实中的方小华并没有哭，她在要求和刘典分手的时候非常决绝，倒是刘典在请求得到她的原谅。为何方小华要分手，刘典还要请求她原谅？

刘典做错了什么吗？从小说中我们隐约看出，刘典是不能接受方小华在和他同居的七年间找其他男人、爱其他男人。小说中写道，"男人，她找过几个"，"男人，她爱过很多"。因而，刘典在和方小华同居长达七年期间，从未提出要和方小华结婚。关于结婚和分手，小说中是这样写的："她觉得对于一个人来讲一生中最危险的一件事她都还没有做呢，那就是结一次婚，她真搞不明白，为什么在和刘典的七年中，他竟然一次都没有提出来过，是方小华提出分手的，这都是刘典逼的。"方小华并没有嫁给刘典，所以，"方小华也爱过别的人，或者被别人爱过（至少她这样认为）"。方小华有身心支配的自由和人权，这是作家刘典尊重的，然而作家刘典的"尊重"并不表明作为丈夫时他还能认同方小华的所作所为。正因此，刘典才需要请求她原谅，可她反问："原谅什么？……"

中国式的观念被 Pass 掉，却没有停止践行；美国式的观念刘典尊重，可他却不接受方小华。作品将这一问题转化为情感冲突，方小华对新价值观的启蒙者刘典是失望和绝望的，她目睹了作家刘典身上价值的坍塌。中国人的情感和认知很多时候也就是像小说中的主人公一样，处在一种因混杂而混乱的无序中。方小华在情感生活中遭受挫败，对自己的生活和观念全盘怀疑。"他们的争吵不断地升级，方小华知道自己已经掌握了激怒刘典的秘诀，她经常想把从自己嘴里说出来的话塞进去。她并不是故意的，她不喜欢自己是个狠角色。她甚至想过一种可能：如果自己是个男人，宁愿和妓女待在一起也不和自己待在一起。"刘典不愿意娶她，她其实也不喜欢自己。一个人的生活里居然有这么剧烈的情感矛盾，她不单是和男朋友，甚至和自己也无法调和，这是一场内心情感的风暴。

这是一场敞开时空的追索。

方小华并不认为她时隔七年的第二次美国之行是来"疗伤"的，可是，她确实是来美国"疗伤"的。她第一次到美国就看了自由女神，小说中写道："方小华觉得自由女神比南海观音小多了"，"他们一路看了自由女神，而且进去了"，"刘典说，他正在进入一个女人的身体，可是谁愿意进入一个观音的身体（也不礼貌啊）"。方小华第二次来美国，除了看望"表妹"，大约有看中国女人在纽约怎样生活的意图。这也是一种"疗伤"。方小华需要修正坐标。一个情感生活失败的女人，一个感觉到自己衰老了的女人，一个觉得自己写的是"狗屎"的女作家，她困惑、孤独。作品中人物的内心风暴是隐蔽的，她需要"疗伤"，需要得到拯救，需要打开时间和空间——要"疗伤"她就必须弄清自己伤在哪，这需要在回忆过去中抚摸自己，还需要用一个充满希望的未来安慰自己；在北京她无法获得拯救，于是，她来到纽约。

她要在时间和空间中追索，确定自己和自己的生活是否真有问题。她想证实的或许是北京这个场域使她和她的生活出了问题，如果是这样，那她的问题也就会"一切坚固的都烟消云散"。可是，她那做医生的表妹，方小华迟迟见不着。方小华内心有一场情感的风暴，却误了航班，只能停留在芝加哥不能去见表妹——芝加哥发生了一场"百年罕见的暴风雪"。后来，方小华来到新泽西，反而需要在酒店等待表妹从长岛赶来。"高福利的反面是高税收。表妹一定为这个国家缴了不少税，她进一步想到。躺在床上她好像看见一幅画面，表妹正在大步迈向美国梦，这就是美国梦吧，方小华猜测。缴税。住在长岛。像这个世界上很多奔波的人一样堵在路上。就算浪费了别人的时间也是可以被原谅的，这个世界应该赞美富人……"

小说中的暴风雪和方小华内心的风暴几乎构成内外交困，她等着美国表妹的到来，可是"拥有掌握别人生死大权的能力"的美国医生表妹，在长岛奔向新泽西的路上堵车。而方小华在新泽西住的廉价酒店是这样的："不夸张地说，就像一个小牢房。也许，牢房都比这强。她想。美国是福利国家啊。就算是犯人也有福利。""这是一所老式房间，看上去已经有些年了，也许比自己还老，方小华想，在京市，看见比自己老的房间并不普遍。北京市所有活着的或者死着的东西通常都只有三十年的寿命，三十年之后都算凑合。"刘典身上的价值在北京坍塌后，方小华来到纽约，美国梦突然也失去了光环——纽约一定比北京好。这在多年前就埋下了伏笔，多年前看过自由女神后，"她们还看见了一片工地，就是飞机撞大楼的地方，刘典说这种废墟中国满处都是（这更加重了他变成一个美国人的愿望，好像中国的大楼每天都在被飞机撞来撞去），方小华和工地拍了很多照片，看上去就像没出国"。于是，身在纽约的方小华"突然不知道自己为什么要来纽约"。

这是一场面向哲学的寻思。

如果仅仅把《只有逝水流年》当作一篇传达东西方价值观念冲突的小说，未免低估了它的意义。因为这篇小说中的主体是人，而不是观念；因为这篇小说的本体是时间，而不是时代。人情、人性是千秋万载共通的，但观念是随着时代的变化可以发生变化的。时间是无限的，而时代是无限时间中的一小段。这篇小说重视情感的呈现，哪怕在写观念冲突的时候，也是将其转化为情感，这是希望将其写成千古共通的内容。而小说中方小华自我救赎之路的求索，也从来不是一个时代性话题，而是永恒的写作主题。加缪曾说："真正严肃的哲学问题只有一个，就是自杀。"他心中最大的哲学问题是"人为什么不自杀"。《只有逝水流年》的引子即："据说，从金门大桥跳下去只需要 2.5 秒。"可是，小说的主人公没有自杀。于一爽在小说中写道："这个似水流年是一个人所有的一切，只有这个东西才真正归你所有。其余的一切都是片刻的欢愉和不幸，转眼间就跑到那似水流年里去了。"观念是一时的，是捆缚人的，哲学是永恒的，是解放心灵的，是让人探寻本质，从而豁然开朗。

读于一爽这篇小说后我们知道：今天我们处在一场价值观念的冲突中，看似和这场冲突无关的很多行为，都圉于其中，然而，"海是地变成的，地也会变成海，白云。看着这一切，很难不让人想到似水流年，似水流年是一个人所能拥有的一切。"这篇小说在快要结束的时候出现了这么两段关于"似水流年"的话，这让这篇小说超脱出了价值观念的冲突。《金刚经》把眼睛分为五种：天眼、佛眼、法眼、慧眼、肉眼。要上升到哲学，需要达到一种高度，用肉眼凡胎看世界难免狭隘，只有开天眼，才能发现"黄鹤一去不复返，白云千载空悠悠"。小说中的女作家方小华最初有诸多困惑，为情感所困，为观念所困，为衰老所困，心灵被一层又一层捆缚，这样的状态，人不可能走出困惑和绝望并最终获得幸福。方小华一路奔波，无法自救，躺在浴缸中，身心放松，突然顿悟。从肉眼看世界到顿然开天眼，这是一场面向哲学的寻思。

《小说选刊》责编稿签摘选：我读 80 后

一

有时作家把人物放在比较特殊和极端的情境，来完成人物心理、情感的转变。极端情境像显微镜，把人的潜意识和情感等，扩大至令人瞠目结舌的程度。日常生活本身，往往显得平静，张怡微的短篇小说《不受欢迎的客人》轻戏剧性，而又写出了平静日常之真味，这颇有难度，体现了作者的笔力和才智。这是一篇意蕴丰厚，情感朴实，表面上风轻云淡的小说。服务者与消费者的关系、家庭伦理的关系，随着情节变化，迅速转移，由此产生有关生命、爱、青春等众多公共体验的传达。这篇作品刺激性成分少，但小说推进的力量，变得如春夏自然交替，缓慢有力，这让人欣喜。

二

那些古色古香的语词，构成典雅的语句，仅此便非大多数年轻人所能，但这部短篇小说《思旧赋》出自 80 后作家郭珊之手。作品在人际往来和细节中，传达人物之间的关系和情感，平静、含蓄，墨光四射。那时他三十不到，为一个女孩买了她喜欢的云吞，坐电车、转巴士、乘轮渡，山远水长，云吞送给女孩时自然冷了，冷归冷，女孩却舍不得扔掉。此后，那女孩一路艰辛打拼，事业进入佳境，但她一直等他……而他爱她只是轻声地祝福她。小说隔空回顾，苍凉而有爱，颇有余韵。让人怀念青春错失的爱，怀念那些最纯真的感情。故地重游，他感慨人世的沧海桑田。

三

在曹永的中篇小说《捕蛇师》中，神异方术的拥有者，生活在窘困的状态。这是小说中一项具备象征意义的设置：越是那种接通神灵的神技，却越是不能用来为自己套取利益——这项神技具有非实用主义的属性，它如此神奇却只能失传。这项"招蛇术"的失传，具有社会悲剧的意义，而小说中的捕蛇师老玃痛失独子，则是社会悲剧中一个家庭的悲剧。老獾的儿子多福，大学毕业后高不成低不就，他家的捕蛇神术世代相传，他学捕蛇，却因蛇而死——或许一开始他认为捕蛇是一项好营生，因而不愿老老实实地打工。多福的悲剧是社会悲剧下的个人悲剧。这三重悲剧是由实用主义过于盛行造成的。

四

老人、儿童、女性以及贫穷和苦难，是马金莲众多小说显性和隐性的主角。信仰、爱还有人世的温暖，是马金莲众多作品传播和宣扬的内容。马金莲有一颗柔软、悲悯的心，有一支能吐丝绒、织锦缎的笔，她的文字细腻而透着亮光，因为那是她心灵中流淌出来的真善美。"马金莲笔下的人物是可爱的，为什么我们写不出那么可爱的人？"有人问我，之后又试图回答自己提出的问题："或许因为我们自己不再可爱了。"马金莲作品中的世界有秩序、有自洁体系，里面的人物对自己的信仰坚定而虔诚，世界因而坚实、安详，读马金莲的短篇小说《口唤》，有进入精神避难所之感。

五

孙频具有抽丝剥茧的能力，她的故事由现象迅疾飞向人物和事件本质，并持续深入地打开事件对人物的影响，呈现人的本能、脾性以及在道德中的挣扎。在她的中篇小说《假面》中，前景暗淡、生存高压等种种因素，作用于底层青年不堪重负的稚嫩心灵和肩膀，处在应急状态下的人，做出了非常态的生活选择，试图缓解焦虑、困窘。这样的人在生活中屡见不鲜，以物质指标衡量生活水平，李正仪和王姝已然过得不错。但这不能改变他们不光彩的历史，而他们渴望被接纳、渴望洗刷耻辱、渴望新生活，内心保留着正确的价值判断。他们不愿与历史会晤，但一个人无法摆脱自己的个人史。

六

手指的中篇小说《李丽正在离开》，写的是出身乡镇贫困家庭的大学毕业生所面临的情感及生存困局。昔年"人到中年"的烦恼和重压，如今早早便到来——对于"80后"而言，大学毕业之际即是各种烦恼到来之时。太阳底下无新事，这不足以一惊一乍，每一代人都有所需面对的"烦恼人生"。"80后"作家手指笔下的这篇底层小说内无传奇，有的是平常事、平常人和正常情感；无臆造，有的是对人们未曾深究的平常生活细节的打捞与还原，里面灌注了真切的生活体验。手指的写作一度给人以前卫的印象，这部转型之作毫不投机取巧，正面迎难而上，手指写了篇细节扎实、语调平和的小说。

七

草白的短篇小说《惘然记》中，"我"执问而来，带着爱与生死的困惑；延宕不问，寄望男主人公记得为他殒命而无法出场的女主人公。七页的作品写到第五页二人才真正达成对话，男主人公迟迟不谈，加深惘然。前四页草白尽悬疑暗示之能，加上逼真的现场还原，读者身临其境，渴望读下去，获悉男主人公的感受。后三页生死与爱的思辨裹在故事中，迅疾而来，事理人情皆通透却更添惘然。"此情可待成追忆，只是当时已惘然。"李商隐的惘然，是叠加的，"追忆"的惘然堆叠在"当时"的惘然之上。《惘然记》中的"惘然"也这样。如此惘然——遗忘或许是解药，但生者却无此药。

八

在宋小词的中篇小说《血盆经》中，生气蓬勃的青年人外出打工，乡村便沦为经济和精神的双重废墟。乡民靠所谓的道士，超度亡灵，低智商少年"学道士"成了不错的营生。精神退化的男女在为繁衍后代"做种"，弱智女因此而死。学道士的何旺子为堕胎而死的弱智女唱诵《血盆经》，竟对生命有了直觉式的怜悯。《血盆经》是一部伪经，在古代它就是用来骗钱的。作品所写的，几乎全是不具真正价值的人物和事件，但人们在超度——这种形式感中获取安慰，就如同真的可以得到安慰一样。作家尊重描摹对象的性状，不褒不贬不评价，为作品带来了可靠性和丰饶性。

九

叔本华在随笔中写道："歌德单纯、简朴的诗歌远胜席勒修辞讲究和华丽的诗作。"陈再见的中篇小说《扇背镇传奇》是一部灌注简朴诉求和沉思，而表述也诚实的作品。扇背镇是看得见的镇子，也是看不见的"单秋水王国"。该王国的建立，其实是一种罪恶的集体意志的体现，因而其缔造者单秋水虽受拥戴但并非无可替代。"扇背镇传奇"，推演了乡土中国欲望化的极端情景之一种，而单秋水的故事，则展现一个人抛开道德与法制，跪伏在财富的脚下，最终成为一个看似运筹帷幄的"成功者"的过程。作品借耐人寻味的主人公愿望，表达对安宁生活，对亲情和温暖的渴望。

十

"增之一分则太长，减之一分则太短；着粉则太白，施朱则太赤"，这是所谓的恰到好处，令人惊其美艳。世间也有这样的情感，却使人备受煎熬：往前走一步是关系受损，向后退一步却心有不甘，在时光流转中患得患失。在于一爽的短篇小说《十年》中，"我"和刘天之间存在一个无限接近却永远也无法抵达的距离。这距离使情感苦涩不堪却也美轮美奂，如同维纳斯的断臂，明显的缺憾成就了爱与美之神。假如有人说这还不是爱情，那什么可以称为爱情？假如说这就是爱情，他们却不曾谈恋爱。作品书写对爱与美的挽留，然而与挽留相随的是伤害，这构成了永恒的困境。

盘点

情爱·困境·宇宙观

文学是人学。人离不开社会，我看重小说中人和人，以及人与所处时代、社会的关系；我看重小说对人的情感、古老人性，以及存在的描述和揭示——更看重其中那些超越时代，进入时间层面，指向永恒的作品。感到欣喜的是在 2012 年短篇小说中确实看到了一些这样的好作品。在此，我尽量以没有受到足够关注的优秀之作为例——它们不见得被反复转载或评论，但已然构成了短篇小说年度新貌。

时间中的情爱

妻子因温九"捡回"一双恰好合脚的绣花鞋大发脾气，曾找妇女主任反映问题，并把三个怀疑对象告诉妇女主任。温九承认了鞋子不是捡的，但与妻子相约：70 岁时告诉她真相。真相大白，温九曾和妇女主任有过一段出轨的爱欲故事。情史的揭开并未给二十二年后的老人带来烦恼，时间医疗了伤痛，如酿酒一样，将陈芝麻烂谷子发酵成了一壶好酒。前面是晓苏的短篇小说《回忆一双绣花鞋》中的故事。这类事情真相大白后，会有别的结局吗？有的。

薛忆沩的短篇《"你肯定听不懂的故事"》，写的是一个男孩追求一个女孩，两情相悦，但女孩以她"不完美"拒绝接受男孩的求爱。在男孩的攻势下，女孩道出自己年幼时曾遭父亲强暴。男孩表示"不在乎"这些，但他们结婚后，男孩无法"不在乎"，经常虐待妻子，最终离婚。离婚后男人忏悔终生，生活在痛苦中，希望心灵重回阳光下。如果薛忆沩的这篇小说还有其他情节安排的可能，那么，晓苏这篇小说则提供另一种结局：女孩当初没有告诉男孩自己的"不完美"，他们幸福地过到了 70 岁。

我想提到的第三篇小说，是张惠雯的短篇《暴风雨》。这篇作品写的是两个半生不熟的男女，开一辆私家车去另一个城市，可途中遇见罕见的暴风雨。安全起见，他们停下车，避雨的二人竟发生了一段激情故事。等到云散雨收，二人也回到生活常态，男主人公再去找女主人公，理智和常态下的女主人公对他采取的是：和他保持距离。他们的关系回到最初的半生不熟。男主人公又寻去女主人公家里，正好那里举行一场派对。他发现女主人公有一个很诚挚的丈夫，而女主人公害怕男主人公和她丈夫说起什么。他们的关系变得紧张。男主人公从此不再见女主人公及她的家人，保持了对彼此的尊重。暴风雨中的故事，成为他的回忆，甚至他自己无法证实那一切真的发生过。如果把《回忆一双绣花鞋》中的妇女主任和温九当作主人公，大致发生的事情和这篇《暴风雨》中的男女故事类似。

这三篇小说都是让人物的情感在与他们的理性碰撞后，才让故事走向最终的结局。作家所做的是尊重人物的理智而更尊重人物的情感。正是因为如此，小说中塑造的人物是审美的结果，真实的、复杂的人，延迟对与错等道德、法律的判断，先问合情合理与否，先进行审美判断。按照莫言的说法，这是"站在人的立场"写作——这是中国优秀作家自发完成的一次转变，纷纷摒弃非文学的判断。

我们说人性很复杂，这和人类情感的复杂不无关系。情感生活中，老年的宽容和豁朗，中年的恍惚和忏悔，青年的独占和激情——三部作品放在一起似乎可"归纳"出时间中情爱的历程。当然，这并非严密的归纳。我们——尤其作家们，必须看到每一个人的独特性。

温九和妇女主任中止了交往，这和《暴风雨》中"她"的处理是一致的。两篇小说中的两个主人公，温九和"她"，对婚外情的处理都是进行搁置。不同的是《回忆一双绣花鞋》的笔墨主要是写二十二年后：温九和妻子老了，他们没有因为"这件事"而产生不快。《暴风雨》则把笔墨集中在"事情"的发生以及之后不久的一段时间。如果说《暴风雨》尚可证明女主人公选择的睿智，那么《"你肯定听不懂的故事"》则写女主人公"不睿智"导致的结局。《"你肯定听不懂的故事"》写人性中不可通融的矛盾，《回忆一双绣花鞋》则写时间作用下，情感所发生的改变。为什么《"你肯定听不懂的故事"》中，男主人公后来忏悔？在晓苏小说的处理中，我们看到了：这一切竟然是可以接受的，甚至让人觉得颇具温情。

这三篇小说各有精妙之处，都是优秀作品，放在一起读的时候会发现：哪怕写的是一件事，通过不同的处理、取舍，在不同的写法下，放在不同的维度，都能得到丰富、深刻的作品。

情爱是文学的永恒主题。从这几篇小说也可以看出这一点，尽管晓苏写的是几个乡村人物，薛忆沩写的是偏保守的一对中国男女，张惠雯写的是一群较开放、身在美国的华人，但我们发现他们笔下人物的基本情感都差不多，不因文化程度、时代特征和地域的差别而改变。这是不是三位作家的写作有问题？是他们的写作缺乏时代感吗？是他们塑造的人物缺乏个性吗？答案为：否。他们的书写所抵达的，是人性的部分，是超越时代的部分。因此，笔者用"时间"这个概念来描述他们笔下所写的"情爱"，这有第二层意思，即：永恒的情爱。

2012年，晓苏、薛忆沩、张惠雯等众多作家在书写情爱时，不再把它当作小情怀，或者说他们具备了把情爱当作永恒对象书写的能力。有人会认为写情情爱爱是小情怀，这是写作者还没有笔力把它放在时间的维度来写，又或者说是没有写到人性的深刻、复杂层面。

人的永恒困境

小说中所传达的理智和情感，往往都是让我们觉得合情合理的。当它们构成矛盾后，就不可调和，人即陷入困境之中。优秀的作家捕捉到这种困境，把它作为人物命运和小说发展的内在驱动力，常常写出精彩、深邃的作品。这些理智和情感以及人无意识的本能，是人在漫长的社会、历史、文化背景中形成的，为全人类所共有，我们把它称为"人性"。

盛可以的短篇小说《1937 年的留声机》，写的是一个遭受日本侵略者施暴的青年女性，然而，这个女性在种种条件的作用下，竟对她的施暴者产生了爱意。她的情感违背了理智，爱上了她的仇敌。她的爱人和仇敌是 1937 年（南京发生大屠杀）的日本人。虽然爱上仇敌的故事几乎是原型故事（如：爱上仇人的儿子、女儿），文学作品中比比皆是，但要让中国读者接纳和信服，作家的写作依旧面临巨大的考验。由于读者会以种族主义观看待自己民族的仇敌，看待离我们并不遥远的那段历史，从情感（恨）出发，也难以接受爱（另一种情感）1937 年的日本人——毕竟 1937 年日本法西斯分子对中国人的暴行已经是反人类暴行。小说在情感与理智的冲突中让人性大放异彩，但招致了诸多诘难。因为，小说中女主人公的困境，甚至读者在接受作品时也遭遇了。爱仇敌，这是原型故事，也是人类情感史中的永恒困境、人类奇异的现象。这以前发生过，当下发生过，未来也还会发生。

23岁的女作家吴纯，在一篇题为《驯虎》的短篇小说中，则把目光投向人的生存困境。吴纯天才的表述、锐利的洞察能力，令人惊叹。在小说中，哪怕是陆地上的"万兽之王"，为了吃上一块肉，老虎必须学会游泳。既然如此，生活中一个失败的小人物又怎么可以回避这残忍的现实？于是，这个驯兽师必须与虎相伴，冒着危险驯虎游泳。有什么比生存和生活还残忍？这并不是人们想要的，但人们不得不接受。人就被动地处在一种施暴和受虐之中，这困境不会因更加残暴而解体，只会因此升级。最终，驯兽师在接受鲜花和掌声的时候，老虎从后面扑上来。小说中的驯兽师和老虎，相互融合而又对立。这是无法消弭的困境的隐喻，化解不开。这种隐喻的创造，体现了作家优异的形象塑造能力。

在情感困境、生存困境之外，也有写身份困境的优秀作品。所谓身份困境，上升至哲学高度则是"我从何处来""我到何处去""我是谁"。宋尾的短篇小说《他没有自己的名字》，写的是一个葡萄牙血统的中国籍司机。他的父亲年轻时为中国的解放事业奉献力量，新中国成立后留下来加入中国籍，成为小地方的公务员，和老百姓打成一片。而他不甘心当省城的长途汽车司机，在移民盛行的年代，这个有海外关系的司机想移民海外，但遭到来自父亲的坚决反对。这个青年在父亲死后找关系甚至花钱才移民到尚未回归的澳门，而且依旧是做司机，然而澳门必然回归祖国怀抱。这篇小说用"他没有自己的名字"作为标题，既传达旁观者的旁观姿态，也表达一个身份迷失者的困境——他生长在中国，血统是葡萄牙血统，但他不把自己当中国人看待，无法像父亲一样热爱这个国家，也无法和身边的人打成一片。于是，他始终只是一个司机，而且大家连他的名字也记不住，他是一个一生以移动和漂泊为业的人（司机），而且他费尽心机的移民地澳门最终也回归中国。他成了葡萄牙和中国两个国家的异乡人。生活中不会有人做"我从何处来""我到何处去""我是谁"的形而上追问，但潜意识中这些问题是永远存在的。小说中的这个司机，背叛自己的父亲，在身份问题上陷入困境，失去了人生坐标。身份看起来不重要，但细细一想它是何其重要，失去身份的人，陷入身份困境的人，会处在无尽的纠结中。

看起来以上小说中人物的困境都是个体的困境，而实际上情爱困境、生存困境、身份困境等，是人类的永恒困境。历来优秀作家对永恒的表现对象感兴趣，他们以精湛的技艺表现人的情感与理智，找到人的永恒困境，也使一代代读者在他们的作品中感同身受。有人会说这些永恒的困境已经很旧了，那是他们没有看出，困境每次出现在具体的某个人物内心都将更加簇新。让困境上升至永恒，常是由那些觊觎和垂涎哲学高度、不倦地发掘人性奥秘的书写者来完成。

2012 年，可以在薛忆沩、盛可以、吴纯、宋尾等众多作家的短篇小说中看到以人为本，忠实人性，贴着情感，写出人类困境在不同境况下反复出现，永恒存在的作品。

社会的宇宙观

小说意味着关系与交流。小说中的人物与人物、人物与社会是有关系和交流的，小说家就是要找出这种关系和交流，开发好、开掘好关系，表现其或亲或疏、或隐或显、或紧张或舒展的状态。人是社会关系的总和。人和社会的关系是局部与整体的关系；个体和整体的交流，可能直接也可能是影响式交流。宇宙观，是站在高处理解事物、人与世界，是普世价值，是为人类确定秩序的一些原则。小说对社会的成功书写可以是极小的局部的书写，但牵一发动全身；小说对社会的书写可以是传达小情怀、小道理、小体验，但一定不能背离宇宙观，背离宇宙观的作品不会列入正典。

吴纯的《驯虎》中，驯兽师和他的妻子、女儿、未出场的情人，构成了种种关系以及由此带来的交流。他们的关系当然属于社会关系，但更准确地说是伦理关系。如果要考察小说对社会的描摹，则不得不看小说中驯兽师和老虎、驯兽师和观众之间的关系和交流。驯兽师和老虎之间的融合与对立，建立在要生存下去的底线。观众的趣味决定驯兽师必须由训练猴子转向训练老虎游泳，由此，我们不难看出，这种残忍的表演是深受观众喜爱的。这是一个社会化了的暗示。观众喜爱这样的节目仅是猎奇心理作怪吗？他们是构成这个社会的人群，他们怎样在很大程度上就表现出了怎样的社会面貌。

驯兽师也是该社会的一员，只不过不坐在观众席，而是在驯兽在表演在接受鲜花。小说中驯兽师的女儿，能带给我们一双明亮的眼睛，让我们发现小说中以正常、日常、合法姿态出现的驯虎、老虎游泳表演变得值得质疑。她是一个小女孩，还没有进入成人的社会和世界，所以，她对驯兽师说"残忍"，"老虎不会开心"。这是儿童视角，是通神的、众生平等的普世观。驯兽师以及所有人生活的无奈可以理解，能理解是合着种种道理，普世价值则是根本的大道理。在现实的社会秩序外，显然还有另一个秩序，并且后者更好，那是一个小女孩凭直觉和天性就能说出的。小说选择了驯兽师接受掌声和鲜花的时候，老虎扑向驯兽师，验证了违背宇宙观的秩序，会在某个环节被推倒。

　　曹军庆的《有房子的女人》，通过一个被压力异化了的男性，表现了一个价值体系发生紊乱，伦理道德亟待重建，缺乏真正的宽容的社会。小说中的男女主人公愿意生活在谎言中，他们共同经营的谎言，则恰恰是一个健康的秩序。女主人公征婚，主动说自己是一个二奶，摆出一副坦诚的姿态，实际却是为了掩饰不为人知的真相。男主人公一直失业，以应聘的架势对待这桩婚姻，只为将来占有女主人公的房子。他们相互心知肚明，却不拆穿对方。他们是相互欺骗的关系，也是同谋的关系。当越谈越投契时，警察的闯入让他们不得不面对谎言的被拆穿。遮羞布被挑开，虚假的宽容和坦诚让人无法接受——不是因为它们虚假，而是因为被挑明了。他们自欺欺人，实际是为了让自己保留在健康的秩序中。宽容和坦诚，这是这篇小说中隐含着的社会的宇宙观。但他们根本没有真正地去宽容、坦诚，社会也没有给他们这个大环境。罪后，面临的只有罚，不会有恕，不会得到宽容。罚没有降临，人就只能在阴暗中生活和等待，见不得光。不能道明自己房子的来历，高房价、难就业的情况下，男女主人公的选择必然是违心的。毫无疑问，这篇小说传达了对社会乱象的忧虑、对人物的理解和同情，是一篇深刻的批判现实主义之作。

杨遥的《都是送给他们的鱼》，将目光投向慈善，投向广阔社会中强势者和弱势者交流的不对等，投向了我们共同面临的生态恶化。作品的大致写的是：傻子命儿在村人的施舍下活命，有人送命儿鱼，结果鱼掉入下水道。若干年后，命儿发现隐藏在桥洞下的许多大鱼，他怀着感恩之心，舀干污水准备抓鱼。结果，村人们粗暴地将这些五颜六色的大鱼哄抢一空，没有给他留下哪怕一条。这些在污水中长大的鱼，是否曾代表善意，是否就是村人曾送给他们（傻子们）的鱼？现在的这些鱼，也是命儿本想用来回报他们（村人们）的。假设将小说中的村人们，放在社会大家庭中，他们可能根本就不是什么强势者。强势者和弱势者一线之隔，全看参照谁而言。命儿的境遇，可能是我们每一个人的境遇。变异的鱼，在小说中一方面具有象征意义，指向公众领域，表达对变了味的慈善的批判；另一方面，直指人类共同面临的生态恶化问题，它像一把利剑高悬在我们头顶，它才是最为强势的真正公敌，对此不加重视的人和傻子无异。杨遥在这篇小说中写的村子，可以看作是社会的缩影。如果寻找他书写社会时的宇宙观坐标，那就是博爱，他想以此确立秩序。

通过吴纯、曹军庆、杨遥等人的短篇小说，我们发现 2012 年的短篇小说中存在大量为天地立心，为人立命，书写对社会秩序的探求，从小事入手但视野宽阔的作品。

小说如何越写越通透

把情节作为叙事结构核心，是中国几千年的传统叙事主流，而以人物为叙事结构核心则是"五四"新文学运动时实现的一项叙事主流的转变。此后，人物被认作是小说成败的决定性要素——可莫言获得诺贝尔文学奖时，却强调自己是个"讲故事的人"。这提醒我们，故事对于一个小说家而言，并不逊于人物。

其实，在1928年，缪尔的《小说结构》中就将小说分为三类：情节小说、人物小说、戏剧小说。缪尔如此描绘戏剧小说："人物与情节之间的脱节消失了。人物不是构成情节的一个部分；情节也不仅是围绕着人物的大致构思。相反，二者不可分地糅合在一起。"他还说，在戏剧小说中"一切就是人物，同时一切也就是情节"。

小说如何实现人物与故事的深度融合？如何才可以像缪尔所说的"一切就是人物，同时一切也就是情节"？盘点2014年的短篇小说佳作，发现不少作家的作品接近或者就是缪尔所说的"戏剧小说"，这些佳作最大的特点是通透。而以叙事沿革的大致主线考量，从情节小说到人物小说，再到戏剧小说，中国作家的小说有一脉是越写越通透。

通风透气的个体行为

行为是小说人物和小说情节的连通器，它不仅是人物形象的体现要素，也是故事情节的构成要素，始终伴随故事的发生、发展、高潮和结局。

如果小说中人物的行为是通风透气的，读者就不难读出行为产生的内在缘由：情绪、性格、潜意识、个人史、文化基因等。反过来看，作家应该深入笔下人物的潜意识、个人史、文化基因等，这样方能让人物的行为具有内核，这样方能够说，这篇小说把人物的行为写通透了。读者阅读小说时，可以考察一下人物的行为，看看行为中有没有潜在内涵。人物的行为和人物的外貌一样，只是一种表象，而人们常会说"相由心生"——"相"和"心"的联系显然没有"行为"和"心"的联系紧密，人们尚且如此来搭建二者之间的桥梁，所以，作家写作也好，读者阅读也罢，都该重视人物行为的潜在内涵和渊源。

黄咏梅的《父亲的后视镜》，通过一个老司机的日常行为，传达了行为的惯性、自我身份的惯性，老司机退休后一直没有丢掉自己的司机身份，个人史深植于他的生命与生活。黄咏梅为中国小说人物的画廊贡献了一个活灵活现的卡车司机形象，这个人身后站着一个时代，他面前的一个新时代正在展开，在时间的秩序中，这位司机的卡车从具体的逐渐变成了人生无形的卡车，他一直没有停止驾驶。从生活的角度看，老司机的行为表现为生活态度和生活方式，行为的主要渊源是个人史。

毕飞宇的《虚拟》让我们清楚地看到，行为受人物思想支配。那位行将就木的老教师，他有一个问题：死的时候会收到多少个花圈？可是他儿子对老父的行为，正是和自己的个人史有关，也和父亲的个人史有关。老教师这一代人的思想是"为人民服务"，白求恩式的"毫不利己专门利人"，他教好了学生，却没有尽心辅导自己的儿子。老来"春蚕到死丝方尽，蜡炬成灰泪始干"，"春蚕""蜡炬"的行为，和"泪"的意绪、意识紧密交织。中国人说，受人滴水之恩当以涌泉相报，可是老教师死后渴望得到的花圈，并没有由他那些学生送来，还是只能依靠自己的家人。作者以简约、干净的笔法，由教师及其子女的行为，引出社会现实中诸多庞杂的文化心理、价值判断等问题。

石一枫的《放声大哭》为人物找到了一个更好地认识自己、不断审察自己潜在愿望的机会。想弄清自己思想和潜意识中大量无比沉重的忧患和模糊的要求，是一件非常不容易的事情。偶然成就了这篇小说，如同喷泉将往低处流的水突然立了起来，没有偶发行为，这篇小说就没有意外和成立的空间。石一枫呈现了人物生命意识中的冰山一角，令人思考那潜伏在水面下的八分之七的冰山基座。这篇小说显示了人物行为之"微小"和行为背后的意蕴之"深宏"。作品中"我"的所谓偶发行为，实际上是一种潜意识行为，其渊源就是庞杂的潜意识。

王芫的《父亲的毒药》，写作中有某种直觉成分，触及人类情感中最深奥的部分及他们生活中最微妙之处，直觉有时犹如大树的根须，在幽暗、深厚的土壤中伸展。女儿的经历、行为似乎和父亲的"谶语"有关，父亲的"谶语"成了一种心理暗示，成为女儿的爱情魔咒。女儿等待着父亲的"道歉"，她的种种行为，具有撒娇的意味在里面，也活灵活现地表现了女儿的性格。对于一个成年人而言，经历过许多，这些经历逐渐和主体意识内化于一体，构成了性格，作品中女儿的行为主要受性格控制。

不有的《人面鱼》非常注重在行为中呈现人物的心绪和潜意识，甚至也呈现出人性的弱点。这篇小说是以第一人称叙事的，"我"的许多决定都是潜意识的反映，作品写一次出游，"我"的紧张、猜疑等负面情绪，皆为心像，与外物他人无关。而"我"的性格，内心不断变幻的意识，正是促成旅游也是错过景观的缘由。第一人称叙事的代入感，很好地隐蔽了"我"人性的弱点，读者会觉得和"我"一样，那是因为人物行为所潜藏的是人普遍的人性弱点。《人面鱼》把读者震了一下，给读者以震惊的回响和余味。这篇小说将旅途故事放在国外，主要意图是在对比中显现中国文化影响下的中国人的形象，所以，《人面鱼》中"我"的行为渊源在文化基因。

行为应该是人物自然而然产生出来的，也就是说，行为的产生必有缘由。人物的行为受着种种内在机制的控制，即便是失去控制的行为也有其根源。古今中外，有许多"细节大师"：兰陵笑笑生、曹雪芹、鲁迅、张爱玲、莫言、王安忆、海明威、陀思妥耶夫斯基、乔伊斯、塞林格、福特……他们不厌其烦地描摹细节，注重人物个体行为在小说中的价值，那些细节证明了故事的文学真实，容纳独特的生命体验，把人物与情节写得水乳交融。

通彻透辟的社会关系

《马克思恩格斯选集》中有言："人的本质不是单个人所固有的抽象物，在其现实性上，它是一切社会关系的总和。"社会关系是小说中人、人与人、人与群体之间构成张力的因素，也是推动小说情节铺展开来的一种动力，社会关系在塑造人物形象、表现人物性格等方面有着不容忽视的作用，对于推动情节发展、产生情节跌宕等，同样具有毋庸置疑的功能。一篇小说如果呈现了通彻透辟的社会关系，便能在事件、事理以及人物的形象和内涵上显得更加通透。

林筱聆的《关于田螺的梦》深入挖掘人与人之间外在、内在的关系，作品书写了一群病着的丈夫和妻子，"我"找到并确立了陌生人之间的关系。女病人田螺出现在"我"的梦境，即是"敌人"也是"我"渴望成为的对象，梦境替代现实，让小说含蓄而又丰富。在这篇小说中，人物关系的开掘不仅传达了主题，甚至起到了收缩小说结构的作用，它让作品更紧致，使原本看上去松散的几个故事之间有了张力。同时，这群有着共同病态的人，他们的故事丰富"我"的故事。从《关于田螺的梦》可以看出，人物关系只要积极发掘，其功能还是很强大的。这篇小说由失去了身体交流的夫妻关系入手，表现家庭所受到的冲击、经受的危机，之后，又通过"我"和田螺的外在的医患关系，引申到敌友难分的女性关系，深致而独特。

邓一光的《我们叫作家乡的地方》写一位母亲有两个漂泊在外儿子，可是这两个儿子都不能赡养母亲，以至于母亲死去也可能无人去料理。大儿子埋怨父母没有一碗水端平——小时候没有照顾好他；小儿子马上要出国工作，面对机遇，不能照料母亲。血亲之间的关系，变得如此淡漠，而母亲的魂灵如同在他们不远的地方看着他们兄弟俩在那里为照料母亲的事情讨价还价。天地君亲师，和中国人最密切的关系自然是亲——连母亲也不顾，是谓人伦丧尽。为追求种种人生的附加价值而人伦丧尽，这与人的初衷显然本末倒置。

王往的《奔走的少年》，在"我"和"少年"之间建立了一种群众之间的联系——广义的同盟体。"我"曾做协警，侮辱和殴打过一个少年，多年后，"我"因殴打侮辱"我"的老板入狱，万念俱灰，感到不能再相信这个世界，然而，当年的少年如今已成才，在主持正义。作品通过社会关系的展示，揭开了晦暗的一幕，传达了对"这世界"的看法，这回应了海明威。海明威曾说："这世界很美好，值得我们为之而奋斗。"其实，无论这世界美不美好，人们都应对生活充满信心，不因悲观失望而停止奋斗，这也正是王往这篇小说打动人的地方。其实，人物之间的关系，总是"染乎世情"的，通过一个社会的人际关系，我们就不难看出社会的面貌。

吴君的《关外》，如果对应古代的小说，这个故事不难令人想起杜十娘怒沉百宝箱。让人唏嘘不已的是，一个容貌姣好的富二代女子，她要追求自己的爱情竟像杜十娘一样处于了劣势。作品隔空将当代女性黄倍倍和杜十娘之间建立了联系，实现时空对望。没有正确的价值观主导思潮，财富不仅给穷人也同样给富人带来了诸多困扰，人际关系遭受扭曲，获取幸福生活的希望破灭。这篇小说写贫、富两个社会阶层之间的关系，财富像其中的照妖镜，一照遍地都是妖，富可能让人变成妖，穷也可能让人变成妖。在人和妖的交往中，人也变成了妖。这部作品站在富人的立场写了一个女性所受到的伤害，它告诉我们，要摆脱集体扭曲价值观的裹挟，平等、互爱、真诚的人际关系正遭受严峻考验。

徐铎的《"幸福"后半生》中的吴幸福，是我们这个时代的文学作品中一个很独特的喜剧人物。近期，不少作家不约而同地书写养老问题带来的种种困扰，那些作品中，老人的境遇令人忧心。这篇小说中的吴幸福，中学毕业后凭着父亲的关系进入工厂，最好的技术工种车钳铆电焊他不干，他愿意守门房。因是捧铁饭碗的人，他娶了个好媳妇，但没有孩子。改制后，吴幸福下岗、离婚，前妻成了大老板，改革开放后吴幸福虽单身，倒也没有男人的寂寞。晚年他吃低保，卖掉父亲留下的房子，得到100多万元，没有子女倒也衣食无忧。这是一个没有才华、没有心眼，一生没怎么操劳，晚年过得不错的人。这个人在家庭中失去了夫妻关系、长幼关系，在单位失去了工作关系，传统关系被消除殆尽，他不肩负社会责任和人生责任，所以，这个人是鲁迅所说的"没有价值"的喜剧人物。

如果和吴君的《关外》比较，《"幸福"后半生》表明社会富裕、物质丰富，所有的人都可以享受到它的福利。

注重社会关系，将人以及人与人、人与群体写得通彻透辟，可能更容易回避小说创作的三种"常见病"：一、片面、孤立地看待人物；二、以情节为叙事结构的核心，轻慢人物在情节中的作用；三、情节推动乏力以及人物形象不够鲜明。回避"常见病"，小说更为健康。

通明透亮的交叉影响

事物是相互联系、变化、发展的，由此我们便不难想象，什么叫"影响"。人物和情节之间遍布着交汇点，小说中的人和事紧密不可分时，相互交叉影响，是有内因的，于是，小说的铺展就必定可以处在一种变化、发展的动态之中。优秀作家总是能把这种交叉影响写得通明透亮，从而塑造出人物原型，写出人物性格的变化轨迹，把故事写得一波未平一波又起。

乔叶的《黄金时间》以妻子等待丈夫心脏病突发后抢救的黄金时间消失为明线，暗线则是这对夫妻之前关系的持续恶化。妻子如此残忍地对待丈夫，是丈夫对待妻子的一种反弹。从情节中，我们既可以读出妻子的残忍和不贞，也可以读出丈夫的不堪和不洁，缪尔所谓的"一切就是人物，同时一切也就是情节"，这是一个很好的例子。丈夫和妻子之前并不是这样的，这出悲剧是人物内心怨恨不断积聚后产生的，随着怨恨的聚集，人物的性格、心态不断变化。情节则表明，他们不断突破夫妻关系的底线，他们相互影响着对方，走向罪恶深处。

宋小词的《刺猬心脏》中，涉世未深的女大学生小黑，如何不知不觉就变成了自己所不齿的那类人？在一个销售故事中，作品写的是小黑的被出卖史。低俗的同事、恶劣的生存环境、糟糕的个人处境、以财富衡量成功的社会背景，构成高压的态势，共同对小黑构成不良影响。她的行为在向丑恶妥协，而内心绷得越来越紧，内心的挣扎也越来越剧烈。当外部环境的灰暗面与一个人人性的阴暗面同谋（外因与内因共同施加影响），一个人就很容易堕落——在这样一团淤泥中，挣扎者浑身涂满黑泥，人本性中莲藕般的鲜洁，便会更为突出。这部作品的情节主线是小黑的堕落轨迹，外因影响着小黑，内因也做了外因的内应，小黑无法洗白自己在小说中的时代背景，但会使得这个背景更黑，这也是一种相互交叉的影响，而且关涉小说主题的传达。

周李立的《更衣》也是写环境对人的影响，作者在小说中设置了一个困局：主人公蒋小艾被困在了更衣室。蒋小艾成天面对的是一堆塑料模特，一堆没有生命的假体，这种工作和生活影响了她。对生活日渐钝感的都市女性蒋小艾，她也对运动和爱情热情不高，这其实是对生活的热情已被消磨。日常生活琐碎、重复，了无新意，大多数人在日常生活中是麻木的。周李立创设特殊的情境，从微观上描述意外事件、陌生环境对蒋小艾感受能力的激活，传达了日常生活人道化的重要性。蒋小艾在更衣室内一丝不挂，度过了孤立无援、无可奈何的一段时间，对自己的工作、处境，对爱情生活有过游丝般的新意识，作品容纳了非常独特的个体体验。小说中和困局有关的所有情节，也是人物的内心写照，她在困局中动弹不得，也被困局激活。情节在这篇小说中是人物心灵、情感的对应物，或者说人物的心灵、情感以情节的形式呈现。

曹军庆的《请你去钓鱼》，捉住了那些最能体现人物精神面貌的行为，当然，也就是捉住了精妙的小说情节，人物和情节彼此依托，相互影响，深入骨髓。一个"二奶"，获取了"老公"的宠爱，在即将获得更多的宠爱，可她不辞而别。"我"无意间往她"家"的地上扔一个烟头，遭到她的强烈反对——这一行为所产生的故事情节，在小说中扩散为弥天影响。这个"二奶"的精神特征在这一情节中也得到表现，她渴望尊重和尊严——这个"家"不是真正的家，因为即便在高档宾馆人也不会往地上扔烟头。正是因为抓住了这一点，曹军庆才写出了人的可贵，写出了人的精神活力。紧接着，作家另辟蹊径，写钓鱼，让另一个人物以及一条狗，进一步诠释"二奶"的不辞而别，以拓展故事的内涵。作品中的一个烟头，对人物和情节所产生的均是蝴蝶效应。

小说应该是一个有秩序的活体，人物、情节是一个有机体，就像人的脑袋和躯干，就像人的肉体与灵魂，不可剥离。要把小说写得通透，只有笔者所谈论的这些"做法"远远不够，因为一篇小说的关涉面很多，本文不过谈到了一篇小说中内容的若干部分，至于小说形式的问题则没有涉笔。能否选择与内容匹配的形式来表述，这也是一篇小说能否通透至关重要的因素。另外，本文所谈论的小说，不过是狭隘的概念。20 世纪 50 年代法国产生的"新小说"，则是一种"反小说"，弱化人物、弱化情节后的"新小说"对传统文学而言，是一种颠覆性的存在。"新小说"与现代派，以及中国 20 世纪八九十年代的先锋文学之间颇有渊源。